Un re umorista memorie

Alberto Cantoni

© 2023 Culturea Editions

Texte et illustration de couverture : © domaine public
Edition : Culturea (Hérault, 34)
Contact : infos@culturea.fr
Retrouvez notre catalogue sur http://culturea.fr
Imprimé en Allemagne par Books on Demand
Design typographique : Derek Murphy
Layout : Reedsy (https://reedsy.com/)

Dépôt légal : janvier 2023
Tous droits réservés pour tous pays

ISBN : 9791041842186

Un re umorista memorie

Alberto Cantoni

Memorie

Prologo

C'è un treno, detto orientale, che va da Parigi a Costantinopoli ogni sette giorni. È tutto a vagoni Pullmann, uniti tra di loro con dei terrazzini che quasi si toccano, e ci si cammina avanti e indietro, spinti un po' di qua e di là da un particolare ondeggiamento, cagionato dalle ruote di carta pesta e che ricorda assai davvicino quello dei battelli a vapore.

L'ho voluto vedere anch'io, questo famoso treno, e l'ho preso una mattina presto, per andarmene di corsa fino a tarda notte. Che piccolo pezzetto di paese non s'è mangiato in quelle poche ore! Pareva che l'Europa fosse diventata la Repubblica di San Marino!

Oh se qualcuno, stando fuori, potesse vedere tutta la gente che sta dentro di un treno simile, ma vederla senza i vagoni, senza la macchina, senza di nulla, e tratta innanzi a quel modo nei suoi tranquillissimi atteggiamenti, chi leggendo, chi fumando, chi addormentato e chi desto, e tutti a rotta di collo, tutti in atto di star seduti senza niente sotto, oh il bell'effetto misto di ruina e di lemme lemme che se ne potrebbe ottenere! Appena appena un automatico organino il quale strimpellasse, da stare immobile, una fuga di Bach, potrebbe dare una lontana idea di una scorribanda così pacifica, di un volo così terra terra!

Ho mangiato, ho fumato, ho guardato fuori, e poi mi son fatto condurre in uno di quei compartimenti i quali somigliano, di giorno, a quelli di tutte le ferrovie, e che si mutano di notte in quattro letti ognuno, due sotto e due sopra, come altrettante spaziose cabine. C'era già dentro un bel signore sui cinquanta, che era stanco di stare solo, e che si pose a guardarmi bonariamente, come per distrarsi. L'ho lasciato fare e mi son messo a leggere uno strano libro che aveva meco, un libro sempre vero pur troppo: De litteratorum infelicitate di Valeriano. Poi si passò un confine e le guardie doganali apparvero per la visita, senza fermare il treno e senza obbligarci a scendere. Se fossero state guardie italiane, avrebbero rischiato una malattia per lo struggimento di dover fare il comodo degli altri e non il proprio. Ma quelle erano più garbate.

Il mio compagno di viaggio aveva tanti impicci con sé che fra la roba sua e la mia si dovette mandar all'aria tutta la carrozza, ma per quanto grande fosse la confusione, pure ho visto benissimo che egli non passava mai colla testa accanto il mio libro, allora chiuso, senza guardarne e riguardarne il titolo. Poi restammo soli.

— Ci credete voi alla infelicità dei letterati? — mi chiese a bruciapelo subito dopo.

— Se ci credo!

— Per fatto vostro?

— Anche... un po'.

— Perché?

— Perché più si ritiene che le lettere sieno qualche cosa di molto importante e meno gli altri ci possono patire.

— Ve ne siete occupato per mestiere?

— No, per gusto, ma ce n'ho trovato poco, per dire la verità.

Il breve interrogatorio finì così. Ho creduto che fosse un collega, e gli ho menato buono le troppe domande. Invece, nel parlare di molte altre cose, mi raccontò chiaro e netto che faceva il diplomatico, ma né gli ho chiesto né mi ha detto per quale paese.

La simpatia vuol dire sempre assai, ma quando spunti il mattino fra due persone che viaggiano insieme per lasciarsi a notte, fa tanto presto che non par vero. Non c'è mica tempo da perdere. Il mio compagno di viaggio volle darmene una prova e mi disse dopo pranzo:

— Avrei una piccola fortuna letteraria da offerirvi, checchè ne dica Valeriano.

— Se fosse davvero, non toccherebbe a me.

— Giudicatene voi stesso. Avete a sapere che una decina d'anni fa, sono stato accreditato presso di un re, che mi prese a voler bene fin dal primo momento. L'ho chiamato re, perché questa è una parola assai sbrigativa, e perché era effettivamente un principe regnante, ma io non vi posso garantire che non fosse invece un imperatore od anche un semplice duca.

— Per me fa lo stesso. Di re propriamente detti, ce ne sono ancora bene, e dato pure, come ritengo dopo le vostre reticenze, che questi ne fosse veramente uno, dove lo vado a pescare? Nell'almanacco di Gotha? Ce n'è tanti!

Egli approvò del capo il mio ragionamento, e poi disse, come decidendosi del tutto:

— Ci sono stato assai bene per un po' di tempo, allorché una brutta mattina il mio governo deliberò di balestrarmi dall'altra parte del globo. Proprio dall'altra parte. Se avessi trovato un baratro aperto sotto ai miei piedi, e mi ci fossi lasciato andar giù a piombo, sarei arrivato a posto in un momento. Invece mi ci è voluto un mese, e correndo a questo modo per mare e per terra. Subito dopo del congedo ufficiale, mi presentai al re per salutarlo privatamente, ed egli mi disse: «Ho qui alcune carte per voi... ma badate, per l'amico, non pel diplomatico. Quando avrete già mutato ancora di residenza parecchie volte, e sarà più difficile assai di capire da chi abbiate avuto queste carte, allora cercate di uno scrittore in buona fede, e dategliele, perché le mandi fuori a modo suo, nella sua lingua e nel suo paese. Se la semente sarà buona, darà qualche frutto su qualunque terreno; se sarà cattiva, vada pure al vento dovunque sia». Ora mi basta che voi mi promettiate una cosa.

— Quale? risposi.

— Che non farete mai nulla per sapere chi io mi sia, né per seguire le mie traccie, prossime e remote.

— Prometto. Ma vi faccio osservare che leggendo queste carte, posso egualmente divinare da me chi le abbia scritte.

— Non indovinerete nulla. Avrete innanzi un re che è imbattuto ad essere, più che altri, un uomo.

— Meglio. Di che lingua s'è servito?

— Del francese, e ben chiaro. Si vedrà forse che non è un letterato, e più ancora che non è quella la lingua sua materna, ma che importa quando abbiate facoltà di rimaneggiare ogni cosa e talento vostro? Purché le carte si capiscano, basta.

— E se non mi piacessero e non ne volessi far nulla? Le devo distruggere?

— No davvero. Ritornatele ben suggellate.

— A chi?

— A chi le avrà mandate a voi. S'intende che sceglierò una persona, la quale me le farà riavere senza leggerle.

— Avete fatto presto a pensare a tutto! — sclamai, sottolineando il punto ammirativo.

— Capirete. Sono già parecchi anni che mi preparo a questo discorso.

Gli diedi nome, cognome e patria, e poi ci lasciammo con una certa quale effusione per non rivederci, spero bene, che nel mondo di là. O altrimenti vuol essere un bell'impiccio colla mia promessa!

Ma passò un mese, ne passarono due, mai niente! L'idea che avesse voluto pigliarsi gioco di me non mi venne mai, lo dico a mia lode, e soltanto credetti che la cosa gli fosse passata di mente. Invece, dopo un buon po' di tempo, un notaro inglese, residente a Gibilterra, mi mandò per la posta e suggellato anche di dentro, ciò che siete per leggere. Si vedeva chiaramente che il mio compagno di viaggio, per tenermi sempre più giù di strada, aveva scelto una persona molto da me lontana e molto da lui diversa. Anzi un po' sulle prime me ne sono avuto a male, ma poi ho detto: «E se non aveva altri di fidato, come poteva fare?». Così mi è passata subito.

Ora leggete. Se non vi piacerà, ricordatevi di Valeriano e del suo libro, considerando altresì che io non mi sono punto cercata da me la mia sfortuna e che essa, bontà sua, mi ha rincorso in treno diretto.

La parola è al re.

Di quando era ancora meno libero dello spirito, cioè a dire principe reale soltanto, egli non d[à] che un solo paragrafo: il primo. Osservate bene allora e poi, e lo vedrete diventare sempre più capriccioso, come più dovrà digerire nuovi anni e nuovi guai.

Accadrà facilmente il medesimo a tutti gli umoristi.

Le pagine che seguono rappresentano, per la massima parte, le più grandi e le più piccole giornate della mia vita. Quando esse mi davano troppo pensiero, io non aveva nulla di meglio a fare che mettermi a scrivere, e questo po' di lavoro finiva spesso per giovarmi più assai che se fossi rimasto lì colle braccia penzoloni ad aspettar la grazia.

Ne ho fatte tante in vita mia, di grazie, che mi è passata la voglia di chiederne, sia pure al tempo che non sa far altro.

A tastone

Eboli, Chimene, Ofelia

Era ancora bambino che già tutti s'erano avvisti di una mia particolare inclinazione: quella di ascoltare moltissimo ciò che gli adulti dicevano fra loro, e poco, assai poco, ciò che essi dicevano a me. Forse tutti i bimbi faranno così, o forse mi pareva di già che tutti recitassero meco una qualche particina di commedia e che ci fosse più costrutto ad ascoltarli dietro. Ma ho pagato ben cara la troppa sincerità con la quale dava sempre a divedere da che parte ascoltassi più intentamente, perché tutti, poco alla volta, si tennero molto in guardia quando io era lì accanto, e così non mi accadde quasi più mai di potermi mettere nel retroscena, e di cogliere a volo un qualche piacevole e piccante apprezzamento sulla vera valuta di certi uomini e di certe cose. Ne venne che fui condannato quasi in perpetuo alla commedia recitata male, e che questa grandissima disgrazia mi crebbe presto nell'anima una specie di furore, niente affatto morboso, per la commedia recitata bene.

D'allora in poi, quando mio padre ebbe tempo di mostrarmi un poco della sua molta tenerezza, non gli seppi chiedere insistentemente che due cose sole: o di lasciarmi rannicchiare dietro di lui al teatro, o di ordinare ai suoi ottimi commedianti di venire molto spesso a recitare a corte. Si sa bene che il primo intento non mi serviva ad altro che ad ottenere il secondo, perché tutta la roba che era buona per il pubblico non poteva convenire ad un bambino come me; ma poi, coll'andar del tempo, si cominciò a mutar sistema, e così io, in dieci o dodici anni a dire assai, ho avuto la suprema soddisfazione di potere strappare un buon lembo alla commedia universale, e di rifarmi alla meglio delle altre commedie particolari, in forma di Carte o di Costituzioni, che mi erano state propinate dal mio governatore. Ho perfino recitato qualche volta anch'io — bontà di mio padre che me lo ha permesso — e fu nei Captivi assassinati in latino, colla scusa di apprender bene la pronuncia, oppure da «Incognito» nelle più morali commedie di Kotzebue, per imparare a dir bene, e con dignità, i miei futuri discorsi di apertura alle Camere. Così passi moltissimo tempo avanti che io sappia se ho imparato bene o no.

Ciò che so fin da ora, anzi da dieci anni fa a dir poco, e che io soleva pensare più assai ai bimbi dei commedianti, coi quali aveva fatto da «Incognito» che non a quelli del governatore, coi quali aveva assassinato i Captivi. Epper bimbi dei comici intendo naturalmente le bimbe; anzi, per dir tutta la verità, una bimba sola, e bella, che ora è già una donna, perché ha precisamente gli anni miei, che sono quasi un uomo, e che mi è cresciuta a fianco da tempo immemorabile, come un fiore dell'arte, condotto dalla natura a rendere con dolcissimi colori tutte le più soavi gradazioni dell'amore e del sacrifizio. Recita sempre in queste parti, e nelle grandi e nelle piccine, ma come le fa lei non le ho mai viste fare a nessuno, e men che meno alle grandissime e viziatissime attrici, già consacrate dagli applausi di tutte le Americhe, e che piombano ogni qual tratto a spillare gioielli e quattrini nel nostro gran testo della Commedia;

Questo, come cosa regia, sta vicinissimo a corte, anzi la tocca, mercé di un gran corridoio coperto, valendosi del quale tutta la casa del re può recarsi allo spettacolo senza bisogno di escire all'aperto. Oh corridoio le mille volte benedetto! Che giudizio ho avuto quando ho determinato di limitare a te solo i miei diritti sempre crescenti ad un poco di libertà personale! Machiavelli mi aveva insegnato di andar adagio nell'affermarli, e quanto non ci ho messo di pazientissima preparazione! Ho principiato da una volta la settimana, poi, dopo un anno, due, poi tre, e via di seguito, dapprima per condurre la biblioteca del teatro a più ampia e liberale informazione; in seguito per presenziare le prove; da ultimo per volgere qualche parola d'incoraggiamento ai miei antichissimi colleghi i... bimbi dei commedianti, taluni dei quali già recanti in grembo i futuri camerati dei figli miei.

Ma quella no. Vestale invasa dal sacro fuoco dell'arte, aveva respinto lontano da sé quante corone di fior d'arancio le erano state spesse volte esibite, a malgrado che la più parte degli esibitori fossero stati commedianti pari suoi, e avessero posto per prima condizione che rimanesse alla ribalta anche lei. No, essa aveva capito, ad onta di tutti i miei armeggiamenti per rimanere segreto, che il suo modo di recitare mi era arrivato al core più presto che non agli occhi, e si era serbata purissima, come un'arpa temprata a rendere i più dolci accordi per un solo amico.

Ma questa può parere civetteria, e invece era una cotta bella e buona, mia certo, e forse anche altrettanto sua che mia. Io non glielo diceva mica, ben inteso, ma aveva già da più anni la vaga idea, uniformemente accelerata, che ci avviavamo entrambi verso una riva molto dirupata e molto scogliosa. Come evitarla? Ripetendomi da mezzanotte all'alba che essa non amava punto me... in me, ma S.A. il principe reale? Oh che distinzioni asmatiche per un giovine di vent'anni, che voleva attaccar sonno presto, nella soave speranza di rivederla anche in sogno!

Ma un giorno del mese passato mi accadde di ritrovarla sola sola. Presi il mio coraggio a due mani e le dissi:

— O dunque, mia cara, che facciamo?

Erano poche parole, ma al modo che le ho dette, ci doveva star dentro tutta la nostra storia da più anni in qua. Essa cambiò di colore e per poco non si mise a tremare come una foglia. Mi fece tanta pena che pensai subito fra me e me:

— Ho capito. Scappo con lei, e vado a fare il comico anch'io. Già tanto se non sarà precisamente zuppa, sarà pan molle.

Ma essa intanto si era come rinfrancata, e mi rispose con quella sua voce di angelo, tanto più insinuante quanto più, per la vicinanza, non aveva nessun bisogno di alzarla:

— Che dobbiamo fare? Tocca a voi.

— A me?

— Sì. Io non posso da me sola. Dipendo troppo dai miei genitori e più ancora da S.M. il re. Fatemi mandar via.

— Ma se non sono mai così contento come quando vi vedo! Vi ho da far mandar via?

— Ed è bene in questa nostra contentezza che sta il pericolo. Ci andassi di mezzo io sola, sarebbe poco male. Più si soffre e meglio si recita. Ma voi! Voi avete degli altri doveri.

— Non mi negherete quello di voler bene a chi ne vuole a me, spero.

— A cosa può condurvi il bene che mi vogliate? A fare di me un impiccio nella vita vostra! Nient'altro.

Qui essa si voltò improvvisamente per andar a vedere se eravamo uditi, poi mi tornò accanto adagio adagio. A un tratto, quel suo mirabile volto, dove non c'era mai un'unica fibra che non rendesse prima, e da sola, tutti gli affetti che stavano per diromperle dalle labbra, quel suo volto, dico, si contrasse tutto, e sempre maggiormente. Che era stato? Forse che si era spaventata vedendo qualcuno di fuori ad origliare? No, era tornata addietro più tranquillamente assai di quando mi aveva lasciato per andare a vedere. Quanto avrei pagato a chiederle ragione, e subito, di quel suo repentino cambiamento! Ma sentiva di non poterlo fare, sentiva che per potere aprir bocca, avrei avuto non bisogno, ma necessità che essa mi ci aiutasse, domandandomi qualche cosa lei.

Finalmente essa mi afferrò una mano, e stampandoci sopra le sue labbra, mi disse con un grido che non dimenticherò mai

— Che avete, Altezza?

Fu come se mi risvegliassi da un brutto sogno. Compresi subito che era stato nel riporre gli occhi sopra di me che essa aveva mutato a quella maniera, e tutta la scompostezza dei miei pensieri durante quei brevissimi momenti di torpore e di confusione principiò a dileguare con altrettanta rapidità.

— Nulla, mia cara, — risposi, respirando ancora un po' a fatica. Ora è passata.

— Debbo avervi detto qualche cosa che vi abbia spiaciuto, ma non l'ho fatto apposta, ve lo giuro sull'anima mia! — sclamò la poverina gettandosi in ginocchio. O altrimenti perché mi avreste guardato con quegli occhi così fermi, così intenti, così asciutti?

— Vi ho guardato... così?

— Si, or ora, quando tornai indietro. E anche adesso, da capo.

— No, no, è finita davvero, risposi sorridendo e pigliandola per mano. — Alzatevi, ve ne prego.

— Ma che è stato?

— Nulla, vi ripeto. Ho principiato a capire allora, e seguito a capire adesso, che avevate ragione voi, e che noi dobbiamo trionfare del nostro amore, per intenso e temerario che sia già divenuto, mercé del nostro silenzio. Fra qualche tempo vi dirò il perché. Intanto fate di guarire come sono già quasi guarito io, confortandoci entrambi col pensiero che abbiamo vissuto più noi in pochissimo tempo che non parecchi altri in tutta la vita.

Ieri l'ho trovata ancora al medesimo luogo, e non ho potuto esimermi dallo spiegarle che mi fosse accaduto. Le dissi:

— Fatevi tornare a mente i brevissimi istanti di quel giorno. Voi siete andata a guardare presto lì, per quella porta, siete ritornata adagio accanto a me, avete visto qualche cosa di insolito nel mio viso e negli atti miei, mi avete afferrato una mano e poi vi siete gettata alle mie ginocchia...

— Ebbene?

— Ebbene, voi non ne avevate nessuna colpa, voi eravate in perfetta buona fede, ci metterei una mano sul fuoco, ma pure... troppo abituata a colorire gli affetti degli altri, vi è venuto fatto di ricorrere involontariamente, non dico per sentire, ma per esprimere gli affetti vostri, a due grandi momenti del repertorio classico: prima a quello che in arte si suole chiamare la voltata di Eboli, e poi al subitaneo e fervoroso inginocchiarsi di Chimene.

— Davvero? — domandò la poverina con un brusco movimento del capo.

— Davvero. E nemmen io ho colpa se ci ho badato troppo e se ne ho avuta una impressione così penosa. Come poteva aver tempo di pensare, in un minuto secondo, che la vostra anima era certamente pura di ogni intenzione teatrale, e che quello che recitava... così, per abitudine, non era che il corpo, non era che lo strumento? Mi sono ravveduto presto, come avete visto, ma ho pensato subito che io vi ho divorato troppo cogli occhi e coll'anima mia quando recitavate, perché l'attrice in voi non mi soverchi la donna, e perché noi non abbiamo entrambi a rifuggire dalle conseguenze di questo conflitto: conseguenze che si risolverebbero in altrettante offese, indegne di voi, o in altrettanti sospetti, indegni di me.

Essa mi offerse mestamente la mano, con gli occhi lagrimosi rivolti a terra, e poi se ne andò piano piano, mormorando con voce sommessa:

— Oh arte mia sciaguratissima!

Or bene, io sarei qui pronto a giurare che non lo ha fatto apposta, ma pure, appena pronunziate queste poche parole, si levò macchinalmente dal seno un mazzetto di fiori, lo ruppe adagio adagio come in atto di rassegnazione, e poi escì del tutto, gettandolo a due mani mezzo di qua e mezzo di là.

Era Ofelia.

— Addio, — pensai fra me quando rimasi solo, — e che Dio ti dia bene... alla tua maniera. Non è già tua colpa se i poeti ti hanno uccisa, forzandoti a dar vita alle loro fantasie. Io voleva bene a te, non ad Eboli, non a Chimene. Ma dove sei, tu? Dove ti vado a pescare volta per volta? Nel lago, e già fredda, come Ofelia? No No, addio.

Le caricature

Ma che ho certi giorni per anima io? Una squadra, un archipenzolo? E che è questa frega di regolarità e di simetria che mi ha penetrato le ossa fin da quando è morto mio padre e ho dovuto mettermi in giro a cercarmi la sposa? Cosa avrei dovuto trovare per contentarmi bene? Una bilancia in bilico? Una meridiana a mezzodì?

Buono che pizzico di fatalista talvolta, come la più parte di coloro che nascono a piè del trono, colla dolce prospettiva di montarci sopra quando che sia, altrimenti se ne sarebbero viste delle belline. Avrei voluto scegliere... ma che può scegliere chi viaggia con tanto seguito dietro, e con la ragion di stato e gli interessi dinastici dentro le valigie? Sono i piccini, i modesti, gli inconcludenti che scelgono, per lagnarsene... poveretti.

Io ho dovuto correre su e giù in mezzo a quel biondo vivaio di principesse che è la Europa centrale, ma i migliori momenti me li son vissuti da me, quando mi riusciva di rimanere solo solo, a guardare il cielo per la finestra. Quella almeno era ad angolo retto; e tanto meglio se le nuvole, randagie e capricciose di giorno, ovvero se le stelle, una a destra e centomila a sinistra di notte, mi ricorrevano agli occhi dentro del quadrato. Le so capire anch'io le cose irregolari, quando sono di quelle che arrivano all'anima e mi ci dicono qualche cosa.

Ciò che non capisco è la faccia dei miei simili, quando esce di squadra e non accozza bene. Un altro, con più tempo di me e più fortuna assai, avrebbe tirato fuori i più carini fra i gran maestri di cerimonie che mi sono venuti fra i piedi in questo viaggio, e poi, o a memoria in casa sua, o rannicchiato in un cantuccio in casa altrui, se li sarebbe tirati giù alla brava, in bella schiera. Io invece non ho nessun bisogno di ricorrere alla matita per farmi le caricature; io le vedo da me, senza disegnarle. Basta che un naso tiri un po' troppo in giù, o una bazza volga un pochino in su, perché è finita, seguitano, seguitano per le loro vie, e come riderebbero gli sfaccendati se potessero vedere i mascheroni ambulanti che io vedo di quando in quando, senza punto trovarci da ridere.

Ma tutto ciò che si può misurare a vista è ancora il più tollerabile; la peggio è quando si tratta, non già di aspetto e di lineamenti, ma di espressione, di fisonomie.

Ho in mente per esempio che il tale voglia parermi molto affezionato e che invece non lo sia punto, fra carne e pelle, ovvero che il tal altro faccia il Catone a viso aperto, per non cederla a nessuno in riposata cortigianeria; non ho che a farmi questo doppio concetto perché tutto quello che dovrebbe stare ben sotto, nell'imo fondo delle anime loro, non mi apparisca a torto od a ragione di sopra, con un effetto incrociato di ottica morale, che farebbe perdere la pazienza anche a Galileo. Che farci? Sono gli incerti del trono, come questo mio affrettato matrimonio, con altrettanta voglia di prender moglie quanto.. vediamo di non esagerare, quanto di non prenderla punto. Ma oramai ci si sposa presto e non ci si pensi più.

Ora penso alla misera fortuna di coloro che aspettavano il mio ritorno pei decreti di nomina e di pensione. N'è morto il tre per cento, in due mesi. Se avessi potuto vagabondare tre anni, morivan tutti, ed io, non più tardi di ieri, avrei risparmiato una buona mezza giornata di firme. Anzi questa mattina, mentre aspettava malinconicamente che mi portassero una tazza di the, ho osservato che non mi poteva tener ferma la mano, benché l'avessi posata sopra il bracciale della poltrona. Ho creduto sulle prime che fosse un po' di nervoso, ma poi ci ho guardato meglio. Io seguitava a firmare ancora, macchinalmente, senza penna in mano, come se avessi avuto innanzi un'altra montagna di decreti, e il mio segretario me li avesse fatti scivolare sotto uno per uno dicendo:

Pazienza, Maestà. La Madonna ha aiutato e ne avremo per mezz'ora di meno.

Che brutto viso avrebbero fatto quei tali del tre per cento se fossero stati lì in ispirito a guardarci!

Verrà giorno in cui la mia mano non firmerà più nulla, nè davvero, nè macchinalmente, e sarà il preciso, l'identico giorno di tutti gli altri... a meno che esso non ispunti innanzi tempo, e non mi levino la penna dalle dita anche prima d'imbalsamar la mano. Se il mio popolo mi darà il buon viaggio, me ne anderò, ma son sicuro che o non me lo darà, o la prima cosa che guarderò quando me lo avrà dato sarà il viso del Presidente, del mio successore. Guai se non accozza bene! Guai se sarà uno di coloro che più mi fanno gli svenevoli adesso! Voglio ridere tanto che deve passarne la voglia a lui.

Dopo, Sua Eccellenza continuerà a firmare in mia vece, e più assai, più assai di me. C'è una corte di meno nelle nuove repubbliche, è vero, ma ci sono tanti cortigiani di più! E bisogna propiziarseli tutti, principiando da quelli di prima, i quali non si contentano mica di poco, ordinariamente.

L'etichetta

Un mese di luna di miele, leggi un mese di ricevimenti in viaggio, di discorsi, di strette di mano, di apparizioni in pubblico per ringraziare il popolo plaudente. Quest'ultime sono le meno difficili, perché basta di inchinarsi un pochino, e sempre allo stesso modo, ora a destra ed ora a sinistra; la peggio è quando bisogna studiarsi per l'amor di Dio di mutare bene tutte le parole, per rispondere sempre sempre le medesime cose. Sono già diventato un mezzo vocabolario dei sinonimi, io, in un mese.

Bisogna vedere che belle variazioni al nostro unico tema sa fare mia moglie, quando riceve le donne! Nessuno mi leva di mente che non ci abbia pensato anche prima di prender marito, e così avrei dovuto far io, se avessi badato a mio padre che me lo diceva sempre, e se il vento dei tempi nuovi non mi avesse rinfrescato bene, fin da quando ho avuto uso di ragione. Mi ha rinfrescato, è vero, perché so pur troppo che la mia dovrà essere una lotta per l'esistenza come qualunque altra, ma ciò non significa punto che m'abbia convertito, intendiamoci.

Io non ho chiesto di nascere dove son nato, dunque, se Dio mi ci ha messo, deve aver avuto le sue ragioni, e in ogni modo mi pare assai improbabile che io non abbia a poter fare un po' più di bene qui dove son nato, che non altrove in balìa del vento. Ne viene di conseguenza che sento sì, e ben profondamente, quello che vi ha di tedioso, di molesto, di seccagginoso così nel cerimoniale preso all'ingrosso, come in tutte le più piccole stiracchiature dell'etichetta prese al minuto, e che ciò non ostante nessuno sia più persuaso di me della suprema convenienza di tenerli ben ritti entrambi, per vecchi arnesi che sieno. Ho ad essere il primo custode dell'autorità per nulla?

Ci tengo alla etichetta, lo torno a dire senza vergognarmene, e però bisogna bene che ne digerisca tutti gli effetti. Il peggiore dei quali è l'osservare, come faccio, continuamente, che le brave persone, nel ritrovarsi meco, fanno ogni sforzo per parere da meno di quel che sono, e i dappoco per parere da più. Si potrebbe giurare che gli uni e gli altri si sieno fatta una eguale e molto mezzana idea della persona mia, e che tutti si studino, chi crescendo e chi calando, di accostarsele più che possono, come se fosse un tipo ideale di aurea mediocrità. Diamine! — par che dicano i primi — se il re probabilmente non ci arriva, ho a fargli vedere che ci arrivo io? O viceversa i dappoco: c'è arrivato il re? Bisogna bene che ci arrivi anch'io! Resta però a sapere se qualche volta io non vada più innanzi di quel che ritengono le brave persone, quando si tirano indietro, e se gli altri non isbaglino alla loro volta quando suppongono che io sia di già arrivato coll'ultimo treno, insieme con essi. Non è mica facile di vedere le cose dal punto di vista degli imbecilli.

Eravamo circa a metà viaggio quando una sera mi presi mia moglie sotto braccio per fare tranquillamente due passi in un gran salone, e le domandai scherzando:

— Dite un po', Maestà. Se il prefetto e la prefettessa di questa mattina diventassero noi due, e viceversa, credete voi che si starebbe ad ascoltarli colla bocca così aperta come stanno essi, quando parliamo noi?

— Perché no? Solamente che si avesse coscienza del nostro dovere!

— E che sgraneremmo tanto d'occhi verso le loro labbra, come se ne piovessero perle inestimabili?

— Precisamente.

— Ma pure io medesimo ne ho detto una così grossa questa mattina, che non passava da quella finestra. Ho preso abbaglio da una provincia all'altra, nel parlarne un po' a caso col prefetto.

— Era il vostro diritto.

— Di prendere abbaglio?

— No, di dire quello che piaceva alla Maestà Vostra.

— E voi medesima avete parlato di certe scuole, per le giovinette come di cosa governativa. Vi ho pure suggerito, e subito, che erano comunali.

— Era il diritto mio. Errare è da donna; persistere nell'errore, almeno con la medesima prefettessa, è da regina.

Qui ho sorriso un poco, ma ho visto anche la necessità di parlare assai più piano di prima. E dissi:

— Hai sbagliato di sei secoli, amica mia. C'è troppo granito sotto il tuo scherzo. Dovevi sposare Luigi XI.

— No davvero. Sei tu che avresti dovuto aspettare un altro 89. Non questo primo che è ancora acerbo: quell'altro.

— Perché?

— Perché l'etichetta va presa tal quale come una medicina. Più è amara, più giova.

— Bella questa! Trovi amaro tu il beneplacito degli spropositi?

— Amaro sì, ma giova. Soprattutto quando mi aiuta a non rilevare soverchiamente quello che vi è di insidioso nelle cose comunali: la vecchia piaga di tutti i troni, dal 1000 in poi. Se Robespierre è nato più volte, come credo, deve essere stato lui a principiar di là.

— Ma se il comune l'avrà vinta, quando che sia, ci sarà pur sempre qualcuno che ascolterà a bocca aperta i gonfalonieri ed i borgomastri!...

— Pur troppo. E sarà merito di quelle Maestà Loro che avranno ammesso, anche in apparenza, di poter sbagliare.

Questo discorso è finito così, e s'è ripetuto a un di presso questa mattina per qualche cosa dello stesso genere.

Ebbene, no! Mille volte no! Fin là non ci arrivo e non ci arriverò mai. Sono uomo e non consentirò a nessuno, nemmeno a mia moglie, di togliermi il diritto di riconoscere i miei errori. Se oramai l'etichetta non può più reggermi il trono che a questo prezzo, se lo prendano. Non me ne importa nulla né per me né per i figli miei.

La prima condanna a norte

2 Maggio 18...

Ci siamo.

Sto per avere sulla coscienza la vita di un uomo. Sperava di tirare avanti parecchi anni prima di essere a questi ferri, ma nossignore. Appena uno, e scarso.

Sì l'ombra smisurata dell'estremo supplizio abbruna ancora i miei felicissimi stati. Il Parlamento non si è trovato d'accordo per abolirlo, ed io stesso, che ne farei senza tanto volentieri, pure non so che pensarne quando odo dei vecchi ed onesti militari sostenermi in coro che in ogni modo andrebbe mantenuto per l'esercito. Capisco: i soldati debbono rispondere di sè e degli altri, ma sono sempre uomini!

C'è di buono che questa prima volta m'è capitato un caso chiaro, lampante. Un tristo che ha ucciso per rubare, freddamente, aspettando quieto quieto il momento buono. Nessun astio colla vittima, subito designata appena vista, e però nessuna nessunissima attenuante. Potrei fargli la grazia egualmente, lo so, e di fatto ieri la madre e la sorella mi hanno mezzo ammazzato alla loro volta chiedendomela spietatamente (intendo senza pietà di me), ma la grazia non è mica l'arbitrio, non è mica il capriccio del momento. La grazia non può essere altra cosa che la clemenza confortata dalla ragione, ed io voglio poter dire là in alto quando che sia:

— Le leggi erano, ed io ci ho posto mano con giustizia. Se erano cattive, io ne aveva meno colpa di molti altri; so bene che le aveva giurate, epperò le ho mantenute. Ora niente mi è sembrato più importante, dal mio punto di vista, che di usare giustamente del diritto di grazia. Per queste e queste ragioni ho lasciato uccidere il tal delinquente; per queste e queste ragioni ho lasciato vivere il tal altro. I miei criteri possono essere stati sbagliati, ma io ci ho messo dentro in buona fede tutto quel po' di senno che mi era stato dato. Se ne avessi sortito di più, non avrebbe guastato di certo in molte altre occasioni, ma pure qui, in questi casi particolari, credo fermamente che avrei fatto il medesimo, sebbene con maggiore trepidazione.

Molto maggiore. La coscienza umana ha un modo così proprio di ragionare che meno aiuti si ritrova ad avere intorno e meglio è. E se certi legislatori avessero avuto più di coscienza e meno di aiuti metafisici pel capo, non avrebbero mai impiantato quel loro così detto dicastero di grazia e giustizia. Se fossero veramente due cose diverse fra di loro, dove andrebbe quest'ultima? A Patrasso?

Io intanto non mi sono voluto fidare nè dei giurati, nè dei giudici, e meno ancora dei miei ministri, i quali mi hanno detto uno per uno di assumere la responsabilità di quella testa e davanti agli uomini e davanti a Dio: no, io ho voluto veder tutto coi miei propri occhi, e ho qui da più giorni davanti le carte del procedimento da una parte, e la grazia od il rifiuto dall'altra. Farò più presto che potrò, perché non sono crudele, ma la legge mi ha accordato più giorni per pensarci, ed io ci penso.

Anzi posso dire che non c'è dichiarazione di teste, né voce pubblica di popolo, che io non abbia pesato e compulsato con equa lance, e nemmeno ho tralasciato di porre a confronto ogni argomento di procuratore con ogni stiracchiatura di avvocato. Mi sono messo nei piedi di ognuno, procurando continuamente di non escire mai dai miei, e ho concluso pur troppo che il meglio di tutto sarebbe di trovarsi in quelli di un buon borghese, il quale mandasse all'aria una boccata di fumo e dicesse da star seduto colle gambe tese:

— Ecco. Io non muoverei un dito per salvarlo, ma pure sono molto contento di non aver nulla da fare per perderlo.

Oh la beatitudine di costoro, fin che li lasceranno vivere da star seduti, colle gambe tese!

3 Maggio

Che sogno!

Ho fatto aprire, ho lasciato fuori le guardie, gli ho detto senza ambagi chi fossi, e gli ho chiesto se avesse nulla a confidarmi in particolare. Mi ha sbirciato un momento di traverso e poi, come uomo che sapesse prendere i suoi partiti molto più presto di me, ha fatto un passo alla mia volta guardandomi negli occhi e dicendo forte:

— Ho capito. Voi volete sottrarvi al rimorso persuadendovi bene, prima di firmare, che io sono veramente lo scellerato che sembro. Sono. Potessi tornare indietro d'un anno, e rifarei quel che ho fatto con più prudenza e circospezione. Siete contento? Oppure vorreste che dessi la colpa all'ambiente in cui sono vissuto, e cioè in altri termini alla società? Dar la colpa alla società con voi che ne campate? Con voi che avete bisogno che i suoi puntelli tengano bene per starci sopra comodamente? Voglio far altro.

E mi ha quasi voltato le spalle.

Sono escito in molto peggiore stato che non entrassi, e corsi a firmare col capo rivolto da una parte, e ad occhi chiusi. Ogni tratto di penna mi faceva correre un guizzo per ogni vertebra, come se avessi scritto, non già sopra un foglio di carta, ma sulla schiena di una torpedine. Oh che nome eterno, il mio!

Poi s'è avvicinato il gran momento, e mi sono gettato sul letto, come per darmi ad intendere che avrei potuto dormire. «Mancano venti minuti, ne mancano dieci, adesso lo conducono, gli presentano il crocifisso... ci siamo!... Via, ora sta meglio di me».

Ma egualmente mi svegliai di soprassalto, con un grande affanno e con le mani al collo. Ci sentiva come un senso di torpore, che togliendomi di volgerlo qua e là, mi forzava quasi a tenerlo teso all'in su, e sempre più in su. O prima era già assai lungo per suo conto, o questa notte mi deve essere cresciuto assai.

Mia moglie mi trovò dopo due ore con tutti i soliti quaderni davanti, e le narrai del mio bruttissimo sogno. Essa mi ascoltò attentamente e poi, come certa di essere a porte chiuse, mi disse:

— Badi ancora ai sogni? Non ti sei mai avveduto che si torna bimbi, sognando? Faresti meglio a pensare che tu soffri, perché sei già pienamente persuaso che la grazia non vada conceduta.

— Lo so anch'io.

— E allora, se ti tiri indietro, non può essere per altro che per paura di star male poi.

— Non è cosa che vada considerata?

— Secondo le persone, da te no. Pensa che Dio è molto migliore di noi, e che pure ci ha condannati a morte tutti. E firma. Da pari tuo.

Fossi rinfrancato da queste parole, ovvero, ciò che è più probabile, avessi già scontato quella grandissima pena mediante la lunga tortura dei giorni prima, il fatto è che ho firmato, se non da pari mio, certamente da persona ben consapevole di quello che facesse. Poco dopo l'ora fatale è venuta davvero, e mia moglie, che mi vedeva ancora alquanto agitato, mi chiese:

— Hai avuto qualche pensiero indegno, hai consentito a qualche basso istinto quando firmavi?

— No davvero.

— E allora?

— Allora capirai che non è mica un gusto di patire per colpa altrui. L'ho ammazzata io la vittima? No. L'ho derubata? No. Eppure mi è costata bene. C'è stato un momento in cui l'ho avuta più con lei che non coll'assassino. Questo andava mandato sulla forca senza tante cerimonie, ma quella, se era buona, chi me la rifà? Doveva difendersi un po' meglio, per Dio!

Qui mia moglie m'interruppe e disse:

— Bada che tu stai per passare da un eccesso all'altro. Poco fa parevi quasi l'assassino tu, ed ora ci ridi sopra.

— Lasciami ridere. Già tanto son fatto così. È la scorza delle cose che mi fa paura, non il nocciolo. Quella è il diritto di grazia — una illusione — questo la vita o la morte dei grandi malfattori. Così potessi fare il Caligola davvero e sradicarli tutti con una firma sola. Vorresti vedere che firma chiara!

La lista civile

Toltone i piacevoli intermezzi dei quali ho presentato un campione poco fa, nessuno vorrà negare che gli uffici della corona non sieno ormai diventati molto monotoni e derelitti. Sapere almeno tre giorni prima tutto quanto vi verranno a dire e tutto quanto voi dovrete rispondere tre giorni dopo, sono due cose che veramente non paiono fatte per tenervi molto desto, o molto ilare, o molto franco. E però l'uggia mi prende qualche volta, oh se mi prende!

Io mi domando se sia giusto, e benefico, e regale che io non abbia a poter giovare al mio popolo che da lontano, di rimbalzo, adagio adagio, quando mi venga fatto; che io non possa quasi nulla per saziare direttamente gli affamati, per agguerrire i miseri, per rintuzzare i forti; che tutto, il grandissimo tutto, mi abbia sempre ad arrivare davanti come triturato e pesto da tutti i denti di tutte le ruote amministrative; che i buoni mi amino e i tristi mi temano solamente per intesa dire, e per ultimo che io non abbia mai ad essere quello che sono, bensì che mi lasci fare via via (almeno apparentemente) ora più rosso ed ora più nero a seconda dei partiti che stan sopra o sotto. Ma allora io dove sto? Più sotto di tutti per lo meno.

Eppure non credo di essere niente presuntuoso. Sono anzi persuasissimo che gli altri uomini sieno di carne e pelle precisamente come me, e se anche mi accade, per un momento e per eccezione, di tenere qualcuno per inferiore, vuol dire che mi è antipatico, non vuol dir altro. Ma tenere gli altri per eguali in teoria, non significa menomamente che sia piacevole di starci sotto in pratica.

Vorrei che il mio popolo ed io si facesse un core solo, ma dicono che sono fisime da re filosofo, dunque niente. Vorrei che gli altri monarchi si contentassero come me di quello che hanno, ma gridano che sono illusioni primitive, dunque niente. Vorrei che i nichilisti non facessero torto al loro nome e non principiassero essi medesimi dal volere tutto, ma mi borbottano che sono ingenuità garibaldine, dunque niente. Cosa rimane? Rimane la lista civile, vale a dire una moneta erosa, battuta appositamente per me, col privilegio di farmi pagare dieci quello che gli altri pagano cinque; una specie di franco, giusto di peso e bellissimo a vedere, che pure non vale nemmeno sessanta centesimi. Me lo ha detto anche una fruttaiola.

Tornava dalla caccia, e ho veduto un canestro di fichi con sopra scritto: «Sei per un soldo». Ne porgo due al donnone seduto a lato, e vedo che invece di dodici fichi me ne mette in mano appena otto, se pur non eran sette.

— E gli altri? — dico.

— Gli altri li tengo per la lista civile e li darò da mangiare ai miei bambini.

Dunque sono io che tolgo il pane di bocca al mio popolo? Dunque tutte quelle poche persone che mi tiro dietro sono persone che non mangiano? Dunque una corona ereditata senza sangue, senza interregno, senza ribassi di borsa, non rappresenta il più piccolo beneficio pubblico? Dunque essa deve anche pagare di suo, e a ragione di cinque fichi sopra ogni dodici?... Caruccia la tariffa.

Io sono in ritardo di due millenni, e non punto in anticipazione di qualche misero secolo, come dice mia moglie. Re e sacerdote di un giovane popolo, colla fronte ricinta di edera o di lauro, avrei voluto porre il mio trono or sotto agli olivi ed or sotto alle quercie dei boschi sacri, e di là avrei amministrato volentieri la giustizia, propiziato alla pace, beuto ai mani, indetto la guerra. Ma così, santo Dio, così che gusto c'è?

Per questo, quando non ne posso più e specialmente quando mi ritrovo nei miei castelli di campagna, ho preso la cattiva abitudine di inforcare talvolta a tarda notte ed in grandissimo segreto il migliore dei miei cavalli, e di seguitare a correre io solo solo ora di qua ed ora di là, come se avessi il paradiso davanti e l'inferno dietro. Che dispiacere sarebbe per mia moglie se sapesse che in quelle notti il lume del mio gabinetto da lavoro brucia solamente per lei e per gli altri, non per me, e che io intanto, aiutato dal più vecchio dei miei famigliari, me ne vado a precipizio, come un vagabondo, lungo le strade maestre. Eppure sto tanto bene a trovarmi finalmente solo con Dio e col mio cavallo!

Certuni reputeranno di certo che sia questo uno svago da postiglione, mettiamo pure da postigione regale, che si trascini in groppa le cure dello stato, col proposito di alleviarle: io dico invece che l'uomo solo, quando è a cavallo, si sente più uomo di quello a piedi, e che non per nulla gli antichi, favoleggiando dei centauri, diedero tanta calma e tanta prudenza all'institutore di Achille. Certo che sarebbe ancora meglio di poter fare come il principe di Galles, che se ne va in pitocchino grigio da un canto all'altro del mondo, lasciando la sua mamma sopra il soglio, a tenergli a bada l'Irlanda e il resto. Anch'io avrei fatto così', se mio padre non fosse morto due anni fa, e se mia madre non avesse pensato conveniente di benedirmi appena nato e poi morire... ma le grandi fortune non sono da tutti, e bisogna bene che mi contenti della mia, che è piccola.

Progressi

La...

Questa notte ho cavallato anche più del solito. Sono escito alle undici, dopo di una intera giornata passata coi miei satrapi ad imbastire un progetto di legge che tolga agli uni, sotto forma di balzelli, ciò che si deve dare agli altri, sotto forma di prebende, allorché, messo finalmente il cavallo al passo, mi ritrovai a poca distanza di una donna che parlava forte e gesticolava concitatamente fra sé e sé. Pensai:

— Ora che ho lasciato addietro una buona decina di leghe e che mi sento meglio, ora ho il dovere di sentire un po' che cos'abbia quest'altra povera creatura umana. Pare giovane. Vediamo se c'è modo di recarle conforto.

Le andai accanto adagio adagio e dissi con buona maniera:

— Dove andate, buona donna, così sola ed a quest'ore piccine? Quella mi guardò senza fermarsi e rispose solamente:

— Via.

— Vedo, ma dove?

Nessuna risposta.

— Ho capito. Mi prendete per un uomo pericoloso. Eppure v'ingannate assai. Vedo che non siete contenta e vorrei farvi un po' di compagnia.

L'altra stette soprappensieri e poi, venendomi fin presso alle ginocchia per vedermi un po' meglio, mi chiese a voce bassa ed allungando il collo:

— Ditemi prima dove andate voi.

— Non lo so.

— Come non lo sapete?

— No davvero. Sono poco allegro anch'io e me ne vado di carriera da due ore per farmi passare la malinconia.

— Come me. Ce ne sono dunque degli altri. Ed uomini, non donne.

— Lo sapete ora?

L'altra non rispose. Stropicciò gli occhi con ambo le mani e poi, come rinfrancata:

— Ebbene, poiché andiamo entrambi allo stesso paese, pigliatemi in groppa e parleremo.

Qui confesso che non ho risposto subito io. E quella:

— Non volete? Meglio.

E mi voltò le spalle per tornare addietro.

— No no. Qua! — presi a dire rincorrendola e porgendole una mano per salire. Essa mise un piede nella staffa accanto al mio e in un salto fu su, ma eccoti il cavallo a non volerne sapere in nessun modo e ci volle del bello e del buono per farlo stare a dovere. La donna mi prese per la vita e ci lasciò fare entrambi, uno a sbizzarrire e l'altro a tenere in briglia, senza mostrare di impensierirsene menomamente.

— Avete coraggio, — le dissi a battaglia vinta.

— Se ne avessi davvero, non sarei più qui.

— Dove sareste?

— Più giù.

Pensai discretamente che volesse dire all'inferno e mi misi un po' a guardare, così al buio, la sua bella persona. — O che ha fatto di male questa mia povera suddita per essere in tale stato? — pensai. — Pare giovane. Le forme sono ricche. Le membra agilissime. Ha l'alito fresco e i suoi denti vincono la notte. Non ci capisco nulla. L'unica è di seguitare a fare il giudice inquirente, coll'imputata in groppa. Purché risponda.

Infilai le redini nel braccio ed accesi un sigaro per vederla un po' più e perché so per prova che è una attitudine la quale si presta moltissimo a dare naturalezza alle domande, ma quella non me ne lasciò il tempo e si giovò dello sprazzo di luce per dire un po' più forte di prima:

— Avete il viso di buono.

— Sì? — le risposi freddamente, come indispettito della voce che non mi era piaciuta punto. — E voi? Vediamo. Non mi pare mica molto, veramente.

— Sarebbe bella che avessi anche il viso di buona!

— Perché no? — domandai sulle prime con troppa ingenuità. Ma poi, come avvilito io per lei, calai d'un tono e chiesi:

— Che?... Sareste?...

— Sì. Di tutti.

Non c'era da sbagliare e avrei stentato molto a rispondere se il cavallo non si fosse pensato di togliermi di pena, tempestando da tutte le parti anche più di prima. Lo fece di sua posta o mi mossi io involontariamente pel disgusto e per la maraviglia? Non lo so. So bene che di donne simili non ne aveva mai visto, e che ora mi ritrovava ad averne una in groppa, per non dire in braccio. Lasciai fare al cavallo, badando solamente a che non ci balzasse entrambi di sella e poi, quando fu esausto e si quietò da solo, chiesi... così per chiedere qualche cosa:

— Come è andata?

— Come va sempre. Sono stata ingannata da uno che mi piaceva e maltrattata dai miei, che non me lo seppero mai perdonare. Se mi avesse preso, andava benone. Scappai con un secondo che mi piantò sulla strada... e ci sono ancora.

— Ma non potreste escirne?

— Sì, colla polizia che mi ha già bollata da due anni e mi manda di guarnigione dove vuol lei. Occuparmi bene non mi riescirebbe più e gli ammalati degli ospedali mi farebbero stomaco. Non mi rimane, perché sono forte, che durare la mia vita, senza avere la speranza di morirne da giovane, come il più delle altre. Bella carriera, eh!? Ora capirete perché scappo talvolta delle nottate intere, quando non ne posso più.

Faceva il medesimo di me, con più ragione, veramente. Ma questo ragguaglio non poteva a meno d'intenerirmi un po' e dissi:

— Non ci sarebbe maniera di giovarvi?

— Come? Dandomi del denaro? Ora ne ho e quando mi cresce tutti me lo pigliano. Se ordino un paio di stivaletti, bisogna che li paghi più delle contesse.

— Perché?

— Perché il calzolaio che si degna di lavorar per me ci rimette di riputazione, dice, e mi pela viva. Così la sarta, così la stiratora, così tutti.

— Anche la fruttaiuola? — domandai a mezza voce ridendo a bocca chiusa.

— Anche. Tutti significa tutti. Quando meno ci si paga da una parte, tanto è maggiore la taglia che ci si pone dall'altra. Dunque val meglio che vi teniate i vostri danari e le vostre particolari miserie, se veramente ne avete, come diceste. Mi bastano le mie.

Qui durammo a tacere per un po' di tempo, quando mi venne la infelice idea di dirle:

— Voi pretendete di non avere più la forza di rialzarvi né col lavoro né col sacrificio, è vero?

— L'avessi anche, forse non potrei. Abbiamo cento sbarre per ricacciarci addietro e non una sola porticina per escire fuora. Bisognerebbe saltare dei muri, e son cinquanta a dir poco.

— Via, supponiamo pure che sia vero. Ma voi sapete, e sanno tutti, che c'è un proverbio il quale dice che non si dà al mondo malo mestiere nel quale, chi voglia, non possa fare meno male degli altri...

— Lo so. Ebbene?

— Ebbene, voi credete che il trivio non abbia uscita? Stateci, ma procurate di evitare quel molto maggior danno che potreste recare, volendo.

La donna si voltò con un brusco movimento ad affisarmi negli occhi e poi, scotendo un poco le belle spalle:

— Ho capito. Un altro predicatore come quello della settimana passata.

— Che vi ha detto?

— L'ha presa più lunga, ma in sostanza non ha concluso diversamente. Voi almeno non mi siete mica venuto a cercare, e se siamo qui insieme, ci siamo per combinazione, ma quello! Quello che veniva a trovarmi tutti i santi giorni!

La curiosità mi prese forte e sclamai un po' sul serio ed un po' ridendo:

— Fatemi il piacere di raccontarmi quel che vi ha detto.

— Volentieri, ma chi se ne ricorda bene, ora?!

— Provatevi.

— Ha detto che noi rappresentiamo una specie di brutta giravolta che la natura ha sempre preso, e prenderà sempre, per impedire che gli uomini diventino troppo fitti, e che senza di noi la società medesima non saprebbe come meglio proteggere i suoi innocenti, le sue pudiche vergini e le sue caste spose, almeno indirettamente.

Per rincalzare le sue ragioni ha notato che molte donne appariscono da per tutto col genio dell'arte dentro le ossa, che non sarebbero buone ad altro neanche se volessero, ed ha concluso, a un di presso come voi, raccomandandomi di non adescare i giovinetti, di non turbare la pace delle famiglie e di custodire la mia sanità come cosa molto preziosa... a lui. Il tutto lardellato di complimenti agrodolci a me, come quella che essendo un po' meno peggio delle altre, doveva capire certe cose un po' meno male di tutte.

— Lo credo anch'io. E voi che rispondeste?

— Oh quello sì che me lo ricordo bene!

— Brava. Dite.

— No, voi non mi parete punto un libertino ragionatore e non avete bisogno che ve ne dica quattro di salate, come ho detto a lui. Piuttosto vi esporrò le medesime cose famigliarmente...

— Eh!?!

— Sì, m'intendo alla buona, senz'enfasi, senz'ira, senza scotervi forte per ambo le braccia, come ho scosso lui, quel tisico, quell'allampanato, e gli sta bene! O mi avete già preso per tanto abbrutita da aver bisogno di attaccar baruffa per ritrovarmi qualche cosa in capo, per esprimere quello che penso?

— No davvero. Tutt'altro. Dite pure a modo vostro.

— Non dico nulla: domando solamente se la società abbia diritto di metterci... lì a mercare di baci per l'altrui salvezza? Ma salviamo veramente qualcuno? Allora siamo utili e che ci si rispetti. Facciamo peggio? Non siamo buone a nulla? Allora tutte le pari nostre a paro a paro con noi, e che non ci si umili per amore di tante pudiche vergini e di tante caste spose, ché son più casta e più pudica io. Dopo i due primi, i miei non furono più peccati, furono tutte penitenze, e per mangiare, non per altro.

— Capisco. Ma appunto perché le povere ci hanno a cavar da vivere, debbono procacciarsi una maggiore clientela e per conseguenza dare maggiore scandalo. Van dunque riguardate più.

— Sì, lo so, questa è la nenia della polizia e l'ho sentita friggere in tutte le salse. Ma forse che riguardarci più delle altre, non riguardate punto, significa di mettere noi a porte chiuse, spalancandole per tutti i briachi di lascivia che ci passino accanto? Significa di imporre la gabella sul nostro povero corpo come se fosse carne macellata? Voi crederete forse che io parli per invidia di tante altre, le quali non pagano nulla, perché riescono ad eludere i regolamenti, o perché trovano, più fortunate ancora, degli imbecilli che se ne incaricano, ovvero degli svergognati che se le sposano. No davvero, già la più parte finiscono male egualmente. E poi quella, in ogni modo, è questione di fortuna, e poteva e può capitare anche a me. No, io guardo le cose più in generale, e se qualcuno mi desse retta, mi porrei a gridare per le piazze che non è giusto di mettere delle persone mezze dentro e mezze fuori dalla legge, che le prigioni si chiudono davvero e che i prigionieri, sfamati dal pubblico, non si abbandonano al disprezzo di coloro stessi ai quali si crede che giovino. Dicono delle schiave! Ma le schiave hanno un padrone solo, il quale ha tutto da guadagnare a tenerle bene; noi invece passiamo per le mani di cento farabutti, uniti in lega fra di loro, e che arricchiscono tanto più presto quanto più presto ci fanno logorare. È un vitupero, credetelo. Come non bastasse, mi doveva anche venire fra' piedi quell'altro mio padrone d'un quarto d'ora ogni dì, quello spigolistro di cui vi parlava poco fa, con la sua predica! Ah sì difatti allorché sono in bisogno e mi tocca la notte di far le mostre di avere la tosse quando passa gente, posso proprio sapere se chi passa abbia moglie e figli, ovvero se sia ancora troppo giovinetto per militare meco nei campi della salvazione sociale. Non mi ci sono già messa da me dietro quella persiana chiusa, dove non vedo nulla ed odo appena il rumore dei passi; mi ci ha messa il regolamento, perché mi protegga, dice, e perché mi mandi il medico. Povero padrone mio d'un quarto d'ora ogni dì! Vorrei averne del male, non per ammorbare te solo, ché non ne varrebbe la pena, ma per tutta quanta la società, finché ne strisciasse tutta come le serpi, finché si riconoscesse per quello che è: di altrettanto più civile da un lato, quanto più selvaggia e più feroce dall'altro.

— Buono che volevate parlarmi senz'enfasi e senz'ira! — sclamai, per non lasciarle capire che i singhiozzi, da lei repressi, non mi erano punto sfuggiti e che la sua commozione stava per invadere anche me. — Voi esagerate, voglio sperare.

— Speratelo pure. Buon segno. Vuol dire che scantonate alla larga dai nostri vicoli e dai nostri chiassi. Ma io ci sto... e ci vedo. Lasciatemi scendere.

— Dove andate?

— Là.

E mi additò a braccio teso una piccola città munita non molto distante. Poi disse:

— Ora, se non mi salva il caporale di guardia, vuol andare molto bene col contrabbando che ho addosso, vale a dire con queste poche ore di libertà, prese fuggendo. Vado. Addio.

— Un momento. Che facevate prima di principiare?

— Nulla. Era giovane assai e studiava ancora per far la maestra. Anzi vi voglio dare una lezione.

— Quale?

— Di fare come fan tutti: cioè di onorare profondamente quante sono le brave donne disinvolte che si abbatteranno sul vostro cammino e di non degnare nemmeno d'un pensiero le pari mie. Non merita. Siamo troppo poche, al paragone.

E saltò giù lesta, senza quasi darmi tempo di fermare il cavallo, che si voltò a guardarla bene, in segno di gratitudine. Colei prese subito per un sentiero laterale e se ne andò a gran passi, agitando le braccia, come per dirmi nuovamente addio.

Rimasi male, lo confesso, Né il mio sagace amico mi giovò gran fatto prendendo a correre di suo capriccio come non l'aveva veduto correre mai, quasi avesse voluto scostarmi al più presto da quella umiliazione, da quella ignominia. Noi andavamo a rotta di collo, ripeto, eppure il mio pensiero se ne stava fermo, immobile sopra di quella disgraziata, come se fossi stato seduto qui, al mio tavolino.

— Ecco la vita! — pensava. — Troppo facile e però uggiosa per alcuni pochi, troppo difficile e però durissima per troppi altri. Costei mostra di non essere ancora del tutto pervertita e niente mi sarebbe più facile che di aiutarla indirettamente, senza punto tradirmi con essa, ma le altre? Sicuro che ce ne saranno delle altre come lei, e forse meglio ancora! Sarebbe giusto di stanarne una sola, perché è capitata meco, ed ha avuto occasione di levare il grido della umanità offesa in tante povere creature, ufficialmente condotte a vendersi al minuto le dieci volte il giorno? Saranno poche, dice lei, a proporzione di quelle o più fortunate o più ricche le quali non pagano nemmeno le tasse, ma disgraziatamente ce ne vogliono sempre troppe e tutto quello che ci vuole... c'è. Il meglio che posso fare è di rivedere io stesso i così detti regolamenti sanitari e di tirare bene le orecchie ai miei pudichi ministri, perché mi aiutino a cavarne fuori qualche cosa di meno empio, di meno furibondo. Chi sa che non ne tragga partito anche lei!

Mi ci metto subito, ma voglio prima osservare, con tutta la mestizia di cui sono capace, che si può avere dell'energia, si può avere dell'intendimento come quella donna, e non pertanto si può finire... così.

Quattro cani

I buffoni di corte non usano più, ma l'impiego in certo qual modo dura ancora, in alto ed in basso. Io ho fatto capire troppo chiaramente fin dal principio che non voleva punto saperne di adulazione, e però i miei... impiegati si dividono in due categorie: una di quelli che si sono troppo rivelati in sulle prime e che ora debbono starsi a bocca chiusa fin che campano, e l'altra... oh l'altra è più comica assai! e si recluta fra quegli altri che, avendo fiutato il tempo di buon'ora, si atteggiarono poscia a severissime Ninfe Egerie, ad incontentabili Aristarchi miei. Io non posso mostrarmi dubitoso di nessun partito a prendere che essi non mi incalzino con un qualche consiglio, tanto grandioso e tanto inarrivabile che debbono alzarsi in punta di piedi solamente per dirlo! Ma se tutti quanti si contentano del silenzio oppure di quest'ultimo giochetto in presenza mia, cascano sempre e gli uni e gli altri nella pania quando parlano forte di me dietro le spalle, e bisognerebbe vedere che naso raggrinzato faccio quando mi arriva l'odore di un qualche grasso epiteto al mio indirizzo, cioè di un qualche Marco Aurelio e di un qualche Giuseppe II resuscitati senza pudore per farmi la corte a corte. Io taccio, ma soffro, soffro in parola d'onore, e taccio, ripeto, perché so assai bene che gli adulatori vanno lasciati sgonfiare, o altrimenti spasimano tanto che il meno meno che possano fare è di mutarsi di troppo graziosi in troppo maligni. E io pur troppo non ho nessun bisogno di farmi giudicare malignamente. Abbastanza si vendicano senza che io parli.

Difatti, perché ci odo assai bene, mi è capitato qualche volta di sentirne di belle all'indirizzo dei miei poveri bimbi, che non ne hanno nessuna colpa. Li carezzano, per quel che si vede, ma quante non gliene dicono in confidenza appena che il più piccino dia fuori un po' di latte, ovvero che l'altro, più grandicello, si metta pulitamente ad irrorare la superficie del globo dovunque si trovi. Ne ho sentite tre o quattro e ne ho riso bene, ma ci voleva mia moglie, ci voleva la regina al mio posto!

Gli è che fra noi due correrà sempre questa gran differenza: che io credo cioè il nostro mestiere molto malandato, ma ho egualmente fermissima fede che debba ricuperarsi, o presto o tardi, mentre essa, in gran pensiero per l'avvenire, confida egualmente di poter avere buon gioco, viva e presente lei. Come dire che non avrò poco a fare per non assumere poco alla volta i movimenti tardigradi ed inceppati del re degli scacchi, ovvero, mutata la similitudine, per non finire io in qualità di regina e lei di re. Le voglio molto bene, è vero, ma fin là no.

Agli adulatori ammutiti ed a quelli rientrati bisogna aggiungere un'altra categoria di buffoni inconsapevoli: coloro che stanno alla larga e che si servono della Posta. Tutti i giureconsulti arrembati, tutti i filosofi incartapecoriti non si contentano di abbagliare della loro luce i consigli municipali dove sogliono legiferare di dazio consumo, no vivaddio, ma è sempre a me, sempre a casa mia che mandano a depositare i loro nuovi «Patti sociali», i loro nuovissimi «Diritti dell'uomo».

Si pigliano quasi tutti dall'arca di Noè in avanti e seguitano tumultuando e tirandosi dietro una tale insalata di Pelasgi, di Troiani, di Etruschi, di Fenici, che verrebbe voglia di pigliare la frusta per ermeneutica e di spazzarli fuori delle frontiere uno per uno, col loro bravo numero rudimentale in tasca.

Perché hanno tutti un numero rudimentale, direi quasi un numero cabalistico, il quale serve come di pietra angolare del monumento e il più delle volte è il sette. Ma ier l'altro me ne è capitato uno col quattro e perché era più faceto e meno scemo degli altri ne voglio parlare un po' distesamente.

Quando non li posso muovere, vado almeno ogni giorno a far visita ai miei cavalli favoriti, specie a quel sauro delle nottate errabonde, ed è là che mi ritrovo sempre col mio vecchissimo e fido famigliare del quale ho parlato poc'anzi. Or bene un uomo ancora giovine ma già mezzo spiritato, e con una apparenza tra di veterinario e tra di uccellatore, gli si è tante volte raccomandato per carità, da carpirgli la impromessa che lo avrebbe introdotto al mio cospetto, coll'apologo a sedici gambe che si traeva dietro.

Erano quattro cani, due maschi e due femmine, uniti insieme da un gran cerchio, lungo il quale scorrevano quattro piccoli cerchietti, aderenti ognuno ai quattro collari delle quattro bestie, che ora si allontanavano fra di loro per seguire quello dei due maschi che tirava più forte, ed ora si addensavano a capriccio verso un punto solo del cerchio, lasciandolo vuoto di qua o di là. Ma ad una torva occhiata dell'uccellatore si mettevano tutti in posizione: vale a dire un gran molosso avanti, un mastino insofferentissimo del giogo addietro, una levriera lascivetta a destra ed una nasutissima bracca a sinistra. Indi subito l'uccellatore:

— Maestà. Costoro paiono soltanto i quattro punti cardinali, e non per altro li ho dati a tutti in fino ad ora, ma avendoli educati segretamente per la sapienza vostra, bisogna che vi dica il rimanente. Il molosso avanti, che pare soltanto il nord, è il rigore scientifico, è il prudente Governo laico; l'ardente mastino addietro, che studia sempre la via della ribellione, non è solamente il sud, è anche, con rispetto parlando, la Libertà; questa levriera lucida e spedita a destra è l'Arte, è l'est, e questa chiotta bracca a sinistra è l'ovest, cioè il tramonto, lo spegnitoio, la Chiesa. Freddo governo, ardente libertà, lucida arte e tenebrosa chiesa, c'è tutto, non manca nulla. Voi non avete che a porre gli occhi su questo cerchio magico e vivente perché vi si presenti innanzi tutta la famiglia umana nelle sue più svariate configurazioni, nei suoi più mostruosi connubi: vedrete la bracca tentare ora il mastino ed ora il molosso e farne strumenti delle sue voglie impure; vedrete l'arte tener bordone a tutti, ed anche alla chiesa, appena che gli altri sieno fiochi o stanchi. L'unico rimedio sarebbe di mandar avanti i due maschi insieme, sopprimendo le due male femmine. Ma non si può: i due poli non si congiungeranno mai, e l'est e l'ovest faranno sempre la loro brutta parte in commedia. Che rimane a fare?

— Rimane che voi mi vendiate in buon'ora i vostri quattro punti cardinali; che rompiamo il cerchio magico, e che li mandiamo ai quattro venti. Il nord in montagna, dove il magnete oscilla più volentieri, il sud a valle, perché ci fa più caldo, la levriera su di un bel tappeto persiano, a corte, e la bracca nel padule. Chi sa che non iscovi qualche anitra per i miei canonici palatini.

E così fu fatto. Già quello non chiedeva altro.

In familia

La regina mia moglie non muta solamente di contegno, quando depone la porpora, muta anche di viso, ed io la vedo talvolta apparire così cangiata che per poco non la riconosco più. Ho preso il partito di non guardarla mai quando siamo davanti gente e di non guardare che lei quando siamo in famiglia, perché, se devo dire la verità, non darei un dito solo di mia moglie per tutta quanta Sua Maestà la regina.

Io non voglio dire che siano due; so bene che una ha il viso lungo e tirato, e che l'altra ha la faccia fresca e distesa, so che quella parla breve e quasi sentenzioso e che questa invece non si quieta mai, so che una mi pare più magra e l'altra più grassa. Insomma mia moglie ha tutti gli aspetti di una buona madre di famiglia, alla moderna e alla tedesca, e la regina poteva nascere in ogni luogo ed in ogni tempo e sarebbe stata sempre la medesima regina.

Eppure questo diritto e rovescio non sono che superficiali. La persona è una sola ed è coerente; di particolare non ha altro che il suo sapersi dividere, che il suo mostrarsi a metà. Da una parte manda avanti il core, che è spesso affabile, dall'altra si governa col capo, che è sempre saldo. Questo le serve anche in famiglia, quando ce ne sia bisogno, ma quello a corte non gliel'ho visto tirar fuori mai. La sa più lunga di me che ne ho forse di meno e che ne mostro di più. Per pigrizia, non per ipocrisia, intendiamoci.

Da questo stato di cose è derivato il più bell'imbroglio parlamentare che si sia mai visto. Abbiamo cioè la Opposizione di Sua Maestà il Re e la Opposizione di Sua Maestà la Regina. I liberali, quando sono sotto, fanno capo a me, e i conservatori, quando le pigliano, fanno capo a lei. Ne viene che entrambi ci sentiamo appunto più forti e più temuti quando abbiamo al potere il partito che ci è men simpatico. Che diamine! I trionfatori non dovrebbero essere indirettamente anche colla regina? Non dovrebbero essere indirettamente anche col re? E così, o io o lei, abbiamo sempre anche la minoranza dalla nostra.

Il più bello è che tanto i liberali quanto i conservatori sono entrambi profondamente persuasi che noi due facciamo la commedia, per politica, ma che viceversa non c'importi un bel nulla né degli uni né degli altri, e che ci basti di tirar avanti il meno male questi quattro giorni. È segno che conoscono poco mia moglie, e come ignorano il suo sorriso di madre, quando è coi suoi figliuoli, così non sanno quanta sincerità di propositi, quanto rigore di criterio politico si celino sotto il suo viso, quando è in funzione. Io lo so e gliene porto molto rispetto, ma lo torno a dire, mi piace più mia moglie.

La quale, poverina ha passato mesi sono un quarto d'ora più brutto del mio, con quel po' di male che ho avuto addosso. È stata la mia prima malattia, ma di buon peso e di buona misura. Non ho voluto assolutamente rimandare una partita di caccia, quantunque non mi sentissi niente bene, e m'è venuta una tal dose di tifo che avrei potuto sfidare il più povero, il più sudicio, il più maremmano dei miei sudditi a beccarsene altrettanto. Or bene, finché mia moglie stava lì a sorvegliarmi accanto al letto, colla sola scorta del medico curante, tutto andava a gonfie vele. Lo aveva in pratica, ci aveva preso una certa confidenza, e perché sapevano fare a secondarsi l'un l'altra, andavano via lisci tutti due che era un piacere a starci sotto. Ma guai quando il povero uomo sano e il più povero uomo malato dovevano per forza uno suggerire e l'altro sopportare con rassegnazione le miserie di un consulto! Allora mia moglie si mutava immediatamente di infermiera in regina; allora tutte le preoccupazioni della pubblicità le si affollavano davanti alla mente; allora non c'era più versi e con una parola messa qua, un discorsetto messo là, voleva per forza far prevalere il suo ottimismo non solamente nei bollettini pel pubblico (e fin lì ci sarebbe stato poco male), ma anche nei nuovi sistemi di cura. «Pensassero, diceva, prima di gettare l'allarme nel popolo; considerassero attentamente se non fosse più opportuno di lasciar campo alla natura di riagire da sè sola; ponderassero bene prima di ritenere un re così giovine e così forte per più malato che non fosse, ecc., ecc.». Io stava assai male, ripeto, ma pure c'era qualche cosa dentro di me che rideva forte di quel mutamento, di quel conflitto. E il più delle volte i medici stessi avrebbero giurato che io non udissi nulla, tanto il male mi aveva agguantato bene, almeno apparentemente.

Ora che sono guarito, ho il grandissimo conforto di sapere per prova che se mia moglie ha sempre dimostrato di volermi bene assai, anche la regina non mi vuole mica male, alla sua maniera, e che soprattutto non ha nessuna voglia di diventare reggente. È molto, con le sue attitudini autoritarie e con le sue tendenze politiche!

A parte gli scherzi, abbiamo entrambi un gran difetto domestico: il più grande, secondo il popolo, che possano avere i genitori: quello di far preferenze fra i propri figliuoli. Ma come fare? Per babbo e mamma popolani, è assai facile di trattare tutti i propri rampolli allo stesso modo: mettono il primo a far le pratiche dal calzolaio, il secondo dal sarto, e se uno ha voglia d'imparar bene l'altro no, ci penserà a suo tempo il rampollo che ne avrà avuto meno voglia. Ma noi! Noi che dobbiamo tirar su il primogenito come se fosse più importante lui solo che non altre undici creature venute dopo, noi come possiamo fare a trattare tutti allo stesso modo? Se si guarda il primo, anche quando è piccino, vengono in mente due o tre secoli di storia e di malinconie; se si guardano gli altri, anche quando sono grandicelli, vien voglia tutt'al più di farci il chiasso insieme. Come fare?

E non solamente mia moglie ed io ci possiamo dar la mano in questo grosso peccato, ma andiamo perfettamente d'accordo anche nella preferenza. Teniamo pel primo, s'intende, ma le ragioni che ci muovono ambidue non potrebbero essere più remote e diverse. Essa gli sta dietro continuamente perché vuol farne un re tenace e consistente, a immagine e simiglianza della mamma, più che del babbo, ed io invece gli voglio più bene perché sono profondamente persuaso che il suo fratellino starà assai meglio di lui. Almeno quello, se Dio mi salva il maggiore, non sarà perseguitato come questo e come me dalla suprema necessità di farsi amare a qualunque costo, come le belle donne, e nessun governatore verrà mai a dirgli in gran sussiego come a noi due:

— Badate, Altezza, ne che nessuna forza di nessun paese agguaglia quella di un monarca sinceramente amato.

Perché è facile di farsi amare da tutto un popolo! Molto facile! Io veramente ho sperato già più volte di essere a buon porto per riuscirvi, ma forse che il merito lo avrà avuto la mia buona volontà? No, davvero. Non sono mai stato né più franteso, né peggio interpretato di quando mi sono fatto a pezzi per amore del dover mio. L'amore del popolo è questione di simpatia, di fascino, di fortuna, come tutte le altre cose. Vi vien fatto di cattivarvelo? Tutto va bene. Non vi viene fatto? E ci sarà sempre qualche manigoldo, in alto od in basso, il quale crollerà le spalle al vostro nome e dirà forte:

— Ma! Un re che non sappia farsi amare è il gran delinquente! Quanto bene va perduto, sua mercè! Anzi quanto male fa!

O manigoldi che giudicate dal successo, mettetevi pure in mente che anche i re poco amati non sono mica gli imbecilli che voi fingete di credere, perché vi giova. Sfortunati sono, due su tre almeno, come voi altri, almeno tre su due, siete impostori.

Via!

La pazzia e le crisi di gabinetto

È assai probabile che gli studiosi di malattie mentali si sieno avveduti già da gran tempo che la pazzia suole fare molta strage delle teste coronate, ma è ancora più certo che io me ne sono avveduto da me, senza punto ricorrere ad essi. Gran re vuol dire per lo meno grand'uomo — parrebbe — e se è vero che moltissimi grandi uomini abbiano dato per qualche momento il loro cervello a pigione, ovvero abbiano sempre avuto qualche cosa di manchevole o di sovrabbondante dentro di esso, figurarsi i grandi re, con tante maggiori e più particolari ragioni per esaltarsi o per avvilirsi, secondo i casi!

Ma lasciamo i grandi ed i piccoli, e badiamo piuttosto ai re in generale, come vengono vengono, e ai moderni soltanto, che ci s'intende. Perché, a paragone degli altri uomini, hanno sempre avuto un numero così grande di matti? Io credo di averlo capito così all'ingrosso e lo voglio dire.

Comincio intanto dall'escludere tutte le ragioni secondarie, perché non sempre e non da per tutto si avverano, come sarebbero i più facili matrimoni fra parenti, ovvero la vita più licenziosa ed i mutamenti improvvisi della Fortuna, e affrontando subito il fatto per me capitale e quasi necessario, dico questo:

Un re è un uomo che si ritrova quasi continuamente in balìa del gran contrasto che intercede fra il troppo che dovrebbe fare e il pochissimo che gli viene fatto: un uomo a cui è stato posto innanzi una specie di ideale smisurato, con insieme tutto quel che ci vuole perché non lo possa mandare ad effetto se non attraverso le più sgarbate difficoltà. Cento ali non gli basterebbero per essere quasi contemporaneamente dove più gli sarebbe mestieri di accorrere, ed egli non può fare un passo che non si tiri dietro una fittissima parte di persone e di cose, che lo accerchiano, lo serrano, lo annientano a gara. Epperò non gli deve e non gli può rimanere altro partito che quello quasi passivo e modestissimo che ho preso io: giovare cioè quanto più possa per effetto di esempio, di dignità personale, di serena ed onesta imparzialità. Così alla lunga si può egualmente fare molto e molto bene, ma coloro che non se ne avvedono, coloro che non sanno farsi ragione dell'abisso, del baratro che divide, per essi, l'ideale dal vero, coloro debbono per forza dar di capo nei muri delle loro reggie vale a dire nei primi e più vicini rappresentanti della dura prigionia morale dove si trovano chiusi.

Questo sia detto in generale: ora passiamo al mio caso particolare.

C'è una sola persona la quale possa dire di non essersi mai sentita frullare pel capo nessuna idea molto bizzarra e molto stravagante? Non credo. Più o meno frullano a tutti di quando in quando. Or bene, se io mi ritrovo in condizione di poter mandar avanti l'umile programma tracciato poco fa, allora quelle tali idee possono venire fin che vogliono, ma una sola crollata di spalle basta subito per mandarle via tutte quante: se invece il mio compito aumenta, per una ragione o per l'altra, e con esso aumentano naturalmente anche gli inciampi e le difficoltà, allora felice notte, le idee balzane durano molto di più e mi ci vuole una grandissima fatica per tenerle chiuse fra me e me. Io sento allora per eccezione quello che altri miei colleghi, men di me previdenti, debbono sentire quasi sempre, e però quel granello di pazzia, che abbiamo tutti in comune cogli altri uomini, piglia a rotolarmi meglio dentro del capo. Né ciò mi accade mai così spesso e così volentieri come nelle crisi di gabinetto, appena che riescano un po' stentate ed un po' laboriose.

Quando càpitano ho il mio sistema e lo mantengo sempre, anche se imbattono ad essere delle più facili. Mi chiudo una notte intera a passeggiare su e giù pel mio gabinetto da lavoro, e rimugino piano piano tutti gli elementi che hanno condotto Parlamento e Governo alla stretta dei conti. Quando ritengo di aver bene afferrato il contenuto così segreto come palese di ogni cosa, ricorro subito ai lumi di quello fra i grandi baccalari del mio Stato, il quale, o per tradizione o per attinenze, io reputi più verosimilmente inchinevole a suggerirmi il partito che già piace a me; sto lì ad ascoltare da star seduto gli argomenti divisati la notte da stare in piedi, e raccolgo il gran responso come se mi piovesse giù dalle stelle. Se non mi va bene alla prima, qua subito un altro e poi un altro ancora, finché Dio benedetto si degni di togliermi di pena, richiamandomi alla memoria quel tale appunto il quale discordi il meno possibile dall'idea mia.

Ora avviene di quando in quando che questo utile personaggio non si trovi mai, nemmeno a tentare la prova tre volte, e allora capisco che sono stato sempre fuori di strada e che mi conviene di ripasseggiare una seconda notte, paragonando il nuovo stato del mio pensiero con quel di prima, e con quanto mi dissero i tre recalcitranti. Così, con un indirizzo metodico fatto chiaro dal triplice esperimento, brancico molto meno e colgo il mio segno, vale a dire il mio uomo più facilmente assai. Or bene, è appunto in queste ultime e solenni circostanze in cui, dopo tanta fatica e di capo e di gambe, mi conviene anche di fare buon viso alle lungherie di coloro che la pensano precisamente come me, è appunto allora, dico, che pagherei non so cosa per poter picchiare un par di volte sul ventre del mio interlocutore, dicendogli con gran prosopopea:

— Bravo, Seguita. Mi piaci.

Oh chi mi vedesse nell'anima in quei momenti, quando stringo forte i pugni in tasca per paura che non mi scappi fuori la mano, quello capirebbe senza dubbio che se gli antichi re imbestialivano per eccesso di autorità e di potenza, noi moderni invece pericoliamo per mancanza di esercizio, e perché, poco esercitati come siamo, ci capita pur qualche volta in cui dobbiamo fare troppo, e troppo presto.

Ieri ho raccontato a mia moglie di questa piccola... non tanto piccola miseria mia. Ha risposto:

— Mi dispiace assai, ma l'avviso ti sta un po' bene, pur troppo, perché tu, senza parere, badi sempre di tirare... verso il Mar Rosso.

— Cioè a dire... fuor di metafora?

— Che procuri, forse inavvertitamente, di fare sempre il gioco dei liberali, anche quando sei costretto a metterli sotto. E i pugni stretti in tasca, se tu ci guardi, te li troverai più facilmente quanto più di fatica avrai dovuto durare per conseguire il tuo scopo, ovvero quando avrai messo più nottate e più ostinazione prima di persuaderti che ci dovevi rinunziare.

— Può essere. Ma io, di mio gusto, verso il Mar Nero non ci voglio andare. Abbastanza mi ci tirate qualche volta voi altri, e tu la prima perché mi sei più accanto. Io debbo moderare, comporre, temperare i partiti, ma non ho mica giurato di rinunziare alle mie simpatie. Ne ho. E se qualche volta i pugni stretti non basteranno più a farmi tenere le mani a casa, ci vorrà pazienza. Darò di volta anch'io come tanti altri, ma sarà stato per fin di bene.

Mia moglie affisò sospirando l'uncinetto che aveva in mano e poi si mise a lavorare senza dir nulla.

Che essa creda che io abbia a poter pazziare molto più facilmente di quel che credo io? O che sia stato un sospiro di commiserazione per ciò che io reputo il bene?

Non saprei davvero, ma propendo da ambedue le parti.

Katie

La lettrice

Le persone di corte hanno sempre qualche cosa di comune coi soldati in rango. Ponetevi davanti a una compagnia allineata e vedrete che quei cento uomini non se ne vanno già paralleli fra di loro solamente nel passo e nei movimenti dei fucili, ma ben anco, e forse più assai, nel loro modo di esprimere al di fuori le cento anime che hanno dentro di sé. Che cosa importa se uno sarà bello ed uno brutto, ovvero se digraderanno via via nel colore della carnagione e dei capelli? La natura non può certo dare tanta somiglianza nei corpi quanto una sola disciplina e un solo genere di vita possono mettere di affinità, direi quasi di simmetria, nell'espressione delle faccie umane. In fatti io non ho che a veder bene una intera compagnia sotto le armi, per rilevare a un di presso in qual modo sia stata trattata dai suoi ufficiali e fino a che grado di calore vi sia stato coltivato l'amor della bandiera, come voi potete prendere il primo uomo di corte che vi venga sotto le mani, lo potete gettare fra quaranta persone diverse, prese alla rinfusa, eppure mi sentirei di scommettere che non gli passerei daccanto senza dirvi: «È questo!» anche se me lo presentaste il primo per imbrogliarmi meglio.

La sua è una certa guardatura particolare che tende a nascondere l'uomo interiore, i suoi gusti ed i suoi desiderii, per mettere in vista solamente la cura tra segreta e palese di indovinare quelli del Principale, ma circospettamente, con buona maniera, come farebbe una persona che cercasse di ricordare una cosa caduta in oblio, e non già all'usanza dei cani di leva, i quali, molto più sinceri, si fanno scorgere ad annusare più volte ogni fiatata, ansiosissimamente.

Questo sia detto per i soli uomini. Certamente che per le donne di corte è un po' più difficile, e che per ravvisarle in mezzo a molte altre, occorrerebbe un occhio più esercitato e più fine, il quale sapesse rimuovere dalle loro apparenze tutte le traccie lasciatevi dalla civetteria, se sono belle, ovvero dal rancore e dall'invidia, Se sono brutte. Or bene, io non credo punto di essere meno esercitato d'un altro, e pure confesso ingenuamente che c'è una donna al mondo la quale non avrei mai e poi mai riconosciuta per persona attinente a nessuna corte, ed è la lettrice di S.M. la regina.

Questa ne ha avuto bisogno anche prima di andare a marito, e se la è presa con sé, come i gioielli avuti in dono da bambina in su. La bellissima Katie appartiene ad una impoverita ma nobile famiglia russa, e pronuncia molto bene tutte le maggiori lingue d'Europa. Non ci voleva meno per contentare mia moglie, che vuole subito conoscere due sorta di pubblicazioni appena escite, e sono le monografie degli statisti, morti o vivi, e quelle delle donne che si occuparono per diritto o per traverso degli affari di questo mondo, più le lettere o le memorie degli uni o delle altre. Sono due mèssi molto abbondanti, specie quella del genere femminino, perché ci si è ora immischiata la moda, mercé della quale i testamenti politici di quelle belle donne rotolano giù a fasci nel cestone della storia, con gran fracasso di cipria e di polvere di riso.

Katie è molto bella; lo torno a ripetere ben consapevole di quel che dico, perché ho la pretesa di saper discernere la bellezza vera e durevole da quella finta o fugace. Avrà ora ventiquattr'anni e ne ha già otto almeno continuamente occupati nel servizio della sua alta signora. Tutti i principali caratteri della sua razza, fine e fortissima, si armonizzano in lei, contemperandosi a vicenda, e se pure ha qualche cosa che si tolga dal tipo natio, è solamente il naso, il quale, per grandissima fortuna, non pare punto venuto dal Caucaso, ma accenna ambiziosamente di accostarsi alla linea greca. Il profilo, così corretto, ne acquista molta fermezza di disegno; gli occhi, già grandissimi, paiono come suffusi di giorno in una luce che tiene del più cupo azzurro, per ingrandire maggiormente di notte e tramutarsi in occhi neri, dico neri, eppure più lucenti ancora. Aggiungete la bocca sensuale sì, ma non per questo men bene delineata, i capelli tra il fulvo ed il castano, lunghissimi e ricciuti, e sovrattutto un certo giro di spalle... sul quale il manto di Caterina II non avrebbe che ad appoggiarsi un attimo solo per ritrovare spontaneamente la più squisita leggiadria di pieghe e di partiti. Merito delle spalle, ripeto, ma anche del busto, il quale vivaddio, è altrettanto colmo, veduto di prospetto, quanto è flessuoso veduto... dall'altra parte.

Io la guardava poco, perché mi era accorto che mi bastava d'incontrarla un momento all'impensata, di quando in quando, per riceverne una assai benefica impressione di quiete e di serenità, e che questo vantaggio sarebbe scemato di molto quando mi fosse accaduto di guardarla spesso, deliberatamente. Perché — oramai non ci sarebbe neanche bisogno di dirlo — il suo carattere particolare, così diverso, così opposto a quello di coloro che ci stavano intorno, era a parer mio l'equilibrio dell'anima, il vero equilibrio di chi, non avendo mai bisogno di gabellarsi né per più assiduo né per men premuroso di quel che è, sa stare naturalmente in contegno, senza mai procurare di farne mostra. La mostra! Che peste... a corte! E più ingrata e più odiosa che mai quando s'adoperi per nascondere il soverchio zelo. Almeno chi facesse il contrario, vale a dire chi si muovesse troppo, con una grandissima voglia di star fermo, si farebbe scorgere un po' meno, e sovrattutto non recherebbe intorno quella certa aria di ti vedo e non ti vedo della quale parlavamo poc'anzi. Un'aria che può decomporsi in tre elementi costitutivi, uno: di guardare in su quando il padrone ha gli stivali stretti; due: di stropicciarsi le mani quando egli ha caldo; e tre: di additargli a caccia, quando nevica, il cartellone dimenticato di un qualche caffè di campagna, con sopra scritto a lettere di scatola «Oggi sorbetti». Quando nevica, badiamo. Così apparisce una vera valanga sopra questa finta e sottosegnata disinvoltura, che è forse peggio della stessa adulazione!

Katie non ha mai avuto bisogno di ricorrere a queste commedie. Semplice e raccolta nella sua compostezza, bada soltanto a conservare intatto, mercé del silenzio dopo le lunghissime letture, il gran tesoro di voce che ha in gola: una voce fatta sonora dall'esercizio, ma non per questo né meno agile né meno insinuante. Io credo che mia moglie abbia preso a volerle assai più bene di quello che non sia mai per riceverne in contraccambio, ma è anche certo che la russa mette molto scrupolo e molta coscienza nel più compiuto adempimento del debito suo. Se l'autore che sta leggendo sa il suo mestiere, essa tira via speditamente, non badando ad altro che alla chiarezza ed alla perfezione della propria pronuncia; se non lo sa, pare quasi che essa glielo stia insegnando, mentre lo legge, tanto di brio, di colore, di efficacia gli sa trasfondere, dove più gli mancano. È una vera maraviglia, ed io non m'imbatto mai a visitare mia moglie, durante una lettura, che non mi ci fermi più che posso a raccogliere un po' di quella musica intellettuale, come io la chiamo, che si giova di tanta prontezza d'ingegno nell'afferrare i lati deboli degli scrittori, e di una così ricca tavolozza di toni per rialzarli. L'ascolto più che posso, ripeto, e mi copro gli occhi per non essere condotto in distrazione da quel suo viso di marmo pario, mentre penso, da star seduto, quanto pagherei per darle a leggere queste povere e segretissime carte, e per sentirmele ravvivare da quel suo garbo di porgere, da quel morbidissimo tessuto di voce... in una parola da tutto quello che essa ci metterebbe di suo.

Ora, o sbaglio, o mi pare di avere già bastantemente presentato la bellissima donna. Posso dunque parlare subito di quello che è accaduto ieri.

Essa stava leggendo alcune lettere della signora di Staël, appena disotterrate e rimesse in luce, quando apparvi io in punta di piedi, come secondo uditore, e mi sedetti in un cantuccio ad ascoltare. A un certo punto mia moglie interruppe un momento la lettura per fare una osservazione, diretta a me, e lì, da una parola all'altra, si seguitò un pochino, finché mi si porse il destro di sfoderare uno dei miei argomenti favoriti: che cioè i buoni re sogliono essere spesso ben più liberali dei loro parlamenti, per la semplice ragione che di qua ci sono troppi interessi materiali da contentare, mentre di là, volere o volare, non ce n'è che uno solo. Sarà vero, sarà falso, sarà un liberalismo poco meritorio perché derivato dalla scarsità degli indugi, non vuol dire; il fatto è che mia moglie non ama di ascoltare da quella orecchia, e quando ci si casca, non ci si quieta più. Di fatti siamo andati avanti anche questa volta... non saprei, una mezz'ora buona, finché, forse per la persuasione che non si avrebbe mai mutato parere né l'un né l'altra, ci voltammo entrambi verso la russa, come per invitarla pulitamente a seguitare, e vedemmo...

Cioè no, mia moglie non vide nulla, perché era seduta dalla parte opposta: ho visto io solo, e sia pure per la cinquantesima parte d'un minuto secondo, i grandi occhi azzurri di Katie, già fermi sa Dio da quanto tempo sopra di me, scontrarsi un attimo negli occhi miei, e fuggire subito la mia vista per riparare sulle righe del libro. Ma come mi stava guardando, Dio possente! Io non capisco in che maniera non mi sia sentito prima quello sguardo addosso. Pareva che tutta l'anima sua si fosse affacciata alla finestra, dopo un secolo di reclusione, e che lì, colla intensità magnetica delle razze feline, volesse fare un boccone solo di tutto me.

Un boccone misterioso, del resto, perché più ci penso e meno capisco qualche cosa. Infatti che ho visto io in quel fugacissimo sguardo di sfinge? Né ira né dolore né rimpianto né cupidigia propriamente no, ma forse come un tumulto, come un turbinio di tutte queste cose insieme. E perché tanta roba? Pei discorsi che facevamo mia moglie ed io? Erano innocui. Perché non le ho mai fatto capire di tenerla in gran conto e come donna e come bella donna? Io non aveva nessun obbligo di andarle a raccontare che impressione mi facesse e del resto la ho sempre trattata urbanamente le poche volte che ci ho parlato insieme. Perché le do noia? Perché le sono uggioso? Tanto peggio per me. Andrei compianto, non mangiato.

No no, non intendo nulla, ma so di certo che a vederla ogni qual tratto così serena e bella, io ne traeva come un senso di riposo che mi faceva bene, e che ora invece, per quanto essa possa ritornare la medesima di prima, pure avrò sempre innanzi quel baleno di orgasmo e di passione che i suoi grandi occhi fatali mi saettavano contro in quel momento.

Re Bargello

Altro che baleno! Ma procediamo con ordine.

Bisogna sapere che io ho un gran bisogno di silenzio per lavorare, e che lo sciame dei miei servitori non osa mai di varcare senza necessità la decina di anticamere che stanno fra il mio gabinetto e il rimanente del mondo abitato. Non posso raccogliermi bene che a questa maniera, e meglio mi raccoglierei, se potessi, tra il frastuono di una osteria di villaggio, in tempo di fiera, dove cinquanta persone mi urlassero dintorno a perdifiato. Così non udirei veramente nulla, mentre invece, nel mio stanzino, mi capitano talvolta dei piccoli rumoretti, che non valgo a sopprimere, e che mi fanno saltare come se fossero cannonate. — Shakespeare ha scritto «Molto rumore per nulla» e voi pensate invece «Molto silenzio per ancora meno». Pazienza. Ora ho bastantemente da pensare io medesimo a quel che mi ha fatto la lettrice, per suo trattenimento, e non mi posso occupare di quel che pensino gli altri di me. Udite.

Una ventina di giorni fa il mio secondo figliuolo si è sentito improvvisamente assai male, e mia moglie mi mandò a chiamare in furia, servendosi appunto della russa, come della persona che in quel momento aveva più appresso. La messaggiera non era stata scelta bene, è vero, ma se non ci aveva badato la regina, ci aveva a badar io, colla confusione di un figlio in pericolo? Nemmen per sogno, e non si parlò più di quella imbasciata, nemmeno poi, quando cioè il ragazzo, per fortuna, si riebbe del tutto in pochissimo tempo.

Ieri sera me la vedo apparire di nuovo. Domando subito, scattando in piedi e correndole incontro, se ci fossero altri guai, ed essa.

— No, Maestà. La regina desidera di parlarle subito di non so che cosa. Nient'altro.

Accenno a Katie di andarsene che l'avrei seguita e vedo, con mia grandissima maraviglia, che essa si ferma a lato dell'uscio, trinciando una riverenza come per mandarmi fuori il primo.

La tracotanza era grande, ed io la guardo subito da capo a piedi, come si meritava. Allora ella si smarrisce, fa un passo laterale verso l'uscio come trasognata, poi scopre un gingillo particolare che aveva in mano, me lo appunta contro, e fa fuoco. Fa fuoco e non mi prende, così a bruciapelo. Le strappo l'arma di mano, gliela getto a terra, e subito:

— Ah è per questo che ti ho scoperta quel giorno a guardarmi... così come mi guardi ora?

Essa volge gli occhi altrove e non risponde nulla.

— Ed io che ti credeva l'anima così bene equilibrata! Bell'equilibrio! E bell'osservatore!

Che fare? Chiamar gente? C'era sempre tempo. Lasciarla lì sola? Si poteva gettare dalla finestra. Il colpo era stato così secco e pur così lieve che assai difficilmente aveva potuto essere udito. Conveniva di profittarne..

— Ora ti accomodo io, — pensai ad alta voce per poi eseguire quello che andava dicendo. — Guardarti in tasca per vedere se ci hai altre galanterie, mi ripugna; lasciarti libera di castigarti da te, non voglio; dunque non mi rimane che di impedirti di nuocere. Ecco qua. Prima ti lego le mani con questo fazzoletto, ma così, senza tanti riguardi, strette bene... poi te le attacco forte alla colonnina di questo forziere... poi ci faccio sopra il gruppo alla marinara... poi ti lascio in libertà. La libertà che si conviene pei pari tuoi.

Essa non fece la menoma resistenza ed io indietreggiai d'un passo per tornare a guardarla da capo a piedi. Gran cosa il senso del convenevole! Pareva che quella fosse sempre stata la sua posizione naturale, tanto sapeva atteggiarvisi garbatamente. Nemmeno Arianna legata allo scoglio avrebbe potuto mostrarvi maggiore grazia, maggior decoro.

— Ora, seguitai, — aspetteremo cinque minuti. Se non apparirà nessuno, vorrà dire che la regina non si è nemmeno sognata di mandarmi a chiamare e che voi avete mentito. Sarà tanto di guadagnato. Così potrò pensare con più agio a quel che mi rimane a fare. Vediamo intanto dove è andata la vostra palla. Ha deviato su questo povero Sèvres e l'ha forato netto. Che peccato. E che po' di forza! Vuol dire che un'altra volta sarete più cauta. Veramente non l'avevate mica pensata male, se vi fosse andata bene. Voi volevate mandarmi fuori il primo, per colpirmi nella schiena, come l'ultimo dei marrani. Invece il vostro balocco si è inciampato qui, di sbieco, sopra la mostra della mia giubba aperta, ed il lieve intoppo ha bastato per fargli mutare indirizzo. Come non sapevate che i tiri a bruciapelo fanno spesso di queste birichinate? Bisogna tirare a segno, sul consistente.

Qui la russa, che aveva sempre seguitato a tenere gli occhi bassi, agitò un momento le labbra, come per reprimere uno sbadiglio. Uno sbadiglio a quei lumi di luna? O essa doveva avere del matto, o quello non poteva essere che un moto convulsivo, come dire la prefazione di uno svenimento. Pensai però di abbreviare più che potessi la sua cattività, e traversai tutte le mie anticamere per mandare a chiamare per telegrafo la persona sulla quale aveva già fermato la mente, nello stringere i ceppi, vale a dire il mio attuale e focoso Presidente del Consiglio, che fa anche da ministro degli esteri: una testa bruciata che è arrivata in alto spropositando bene ed a tempo debito. Poi mi venne ripensato a quel tale sbadiglio e lo pregai di venire a coppia con un bravo e pacatissimo dottore, proprietario della più famosa «casa di salute» che abbiamo intorno. Fra tutti due non basteranno forse per far rinsavire un solo pazzo, ma ce n'è più del bisogno per far ammattire una decina di savi. E ordinai che si lasciassero passare entrambi, senza punto annunciarmeli, allo stesso modo (pur troppo) come era passata la lettrice, «per espresso ordine di S.M. la regina».

Tornai alla russa dopo pochi minuti di assenza e le dissi nello slegarla:

— Vedo con dolore che avete dato più di uno strappo, per liberarvi da voi, ma questo nodo me lo ha insegnato a bordo un capitano inglese, ed ha tenuto bene. Io stesso metto più tempo a scioglierlo che non ne abbia messo a stringerlo, poco fa. Sarà anche merito dei vostri strappi, forse. Ecco fatto. Poniamoci qui, l'una accanto all'altro, come due... dico due persone per bene. Basta che siate così gentile da lasciare le vostre mani nelle mie. Che belle mani morbide e fresche! Accomodatevi.

E ci sedemmo come due innamorati sopra due sedie vicine. Il contatto già di per sé stesso pericoloso di quelle sue mani che non tremavano niente, mi faceva un certo effetto, molto disadatto alla circostanza, che mi toglieva poi del tutto la voglia di guardarla in viso, per paura di peggio. Che dilettevole quarticello d'ora! E dove dar di capo per passare il tempo? L'unica era di alternare un po' di silenzio e un po' di monologo a voce alta come prima, esprimendo ripetutamente le mie particolari impressioni intorno all'amico a sei colpi che si trovava ancora a terra, e che io vedeva benissimo lì, da star seduto. Un bell'amico, a impugnatura d'avorio.

— Avanti, avanti! — sclamai, quando finalmente l'Eccellenza ed il dottore picchiarono discretamente alla mia porta. — Non vi maravigliate del gruppo affettuoso. Favorite anzi di prendere il mio posto accanto alla signorina, uno di qua e uno di là, con occhio alle mani, che le prudono. Io starò qui davanti per tenerla ferma, se vi scappa. Ho già fatto esercizio.

I due sedettero a posto, ed io sciorinai loro in poche parole come qualmente fossi stato lì lì per andare di là dal fosso. E conclusi:

— Se fiuto questo rewolverino, ancora tepido, ci sento un odor di setta che consola, e mi vien voglia di ricorrere ai tribunali, senza punto curare lo scandalo; se invece guardo la signorina, e ripenso al suo contegno dopo del misfatto, torno subito colla mente a voi, caro dottore, e mi domando se prima di parlarne in pubblico non sia più conveniente di affidarla per ora alle vostre indagini. Saranno un po' lunghe e difficili, perché pare che essa abbia preso il partito di non dir più nulla, come vedete. L'istruzione si potrebbe fare egualmente alla sordina e quando voi vi foste espresso bene sulla convenienza o meno di sfornare tutta la verità, si farebbe naturalmente secondo gli ordini vostri. Rimane a sapere se la signorina si possa rinchiudere come alienata, senza rischiare intanto degli impicci fuori.

— Di dov'è? — domandò il ministro.

— Russa.

— Allora niente di male. Se fosse stata una repubblicana di Andorra, ovvero una cittadina del Lussemburgo o di Lichtenstein, c'era abbastanza di che levare un tramestio da non finirne più, ma una russa! Ce n'è tante. Anzi credo meglio di avvisare segretamente quella cancelleria, perché ci aiuti a ricostruire il suo passato, tanto per vedere se quest'arma, sparata qui, non fosse stata per avventura caricata là. È molto tempo che manca di casa sua?

— Mi pare che ci sia stata l'autunno scorso in vacanza per un par di mesi.

— Vedete! Così lo studio delle sue condizioni morali potrà andare di pari passo con una specie di istruttoria segreta, e il nostro guardasigilli, che è stato del mestiere, potrà incaricarsene ben volentieri... tanto poco gli piacciono le belle donne.

— Adagio, adagio. Non precipitiamo, — diss'io. — Se costei si fosse divertita a dar fuoco alle mie scuderie, non ci sarebbe niente di male a fare come facciamo, ma siccome sono stato lì lì per andarci di mezzo io, ed io conto di più, così bisogna avere maggior riguardo anche a lei. Poniamo che si finisca tutti per non dire mai nulla pubblicamente, e che ci si accusi intanto di soppressione di persona, che cosa diremo per discolparci?

— Mostreremo questo vaso. Tanto è già forato.

— E voi volete che si creda che essa sia venuta nel mio gabinetto per pigliarsela col vaso e non con me?

— Perché no? Se è matta.

— E se non fosse?

— Diremo la verità.

— Oh cosa mi capita! — sclamai, ponendo le mani nei capelli. — Dire, disdire, arbitrii, pasticci!

— E allora affidiamola ai tribunali subito. Badate però che il primo favore si farebbe ai suoi complici, se ne ha. Un po' lo scandalo, un po' lo stupore del pubblico, c'è tutto quel che ci vuole per aiutarli a salvarsi. Invece così si principia intanto a condurla subito qui dal professore, e poi domani... dopo domani... diremo quel che vorremo.

— Oibò! — interruppi un po' severamente. — Ho troppo rispetto della regina per non raccontarle subito ogni cosa.

— Ben inteso! — rispose l'altro. — Io mi riferiva alle persone del contorno, quando faranno le maraviglie per non vedere più la lettrice. Che se poi la sottile disciplina delle corti non dovesse nemmeno condurre i cortigiani a far le mostre di credere vero ciò che forse ritengono falso, allora a cosa servirebbe, domando io?

Ecc. Ecc. Ho lasciato la casta Susanna in consegna ai due vegliardi, e son disceso io medesimo per una scala appartata a far preparare la carrozza al mio fidato e solito palafreniere. Chi ha fatto il birro può ben fare il galoppino, come feci più tardi il battistrada, allorché, i tre a braccetto dietro ed io davanti, ci avviammo in comitiva alla carrozza. Una figura dei Lancieri in movimento.

Quando, poco dopo e con moltissime precauzioni, dovetti pure arrivare con mia moglie al punto topico del colpo di fuoco, essa, che era seduta e che mi guardava ferma negli occhi, saltò subito in piedi a prendermi per la vita e a farmi scudo della sua persona, e lì, dopo di essersi voltata istintivamente indietro come se avesse già avuto un'altra lettrice accanto, mi posò il capo tramortito sopra la spalla e si mise a piangere senza dir nulla.

Non disse nulla colla bocca, ma se il suo core avesse potuto parlare, so bene che avrebbe detto così:

— Vai ora a fare il giacobino sul trono. Perché ti ritengano giustamente ben più pericoloso dei re codini, e ti spazzino via il primo.

A chi mi chiedesse come faccio a sapere quel che pensava mia moglie in quel momento:

— Sfido — risponderei. — Me lo aveva già detto, così in discorso, poche ore prima, come se avesse presagito ogni cosa. L'altra almeno, mirando su di me, aveva còlto il vaso, ma questa... oh questa aveva mirato meglio!

Pollice, indice, medio

Conta molto che vi siate messi qualche rara volta nei piedi dello Czar, pensando a che razza di vita debba essere stata la sua da molto tempo! Bisogna trovarcisi per conto proprio, come ho fatto io in questi quindici giorni, bisogna addormentarsi la sera con l'idea che vi potete... svegliare in altrettanti pezzetti quanti sono i peli della vostra barba, bisogna guardare così, soprappensieri, il catino nel quale vi lavate, il sigaro che vi ponete in bocca; bisogna scrivere in furia una parola importante del vostro testamento, per paura di non far a tempo a scriverla tutta! Dove entra un pezzo di donna con un rewolver in tasca, può bene entrare una piccola cartuccia, direi!

Gli è che se lo scampare all'improvviso da una brutta morte può essere di quando in quando una specie di piacere molto negativo, nulla, nulla è invece più doloroso della continua supposizione di poterne scampare ogni minuto, conoscendo il pericolo. Il mio primo pensiero è stato quello di tenermi più lontano che potessi da tutti i miei, per non involgerli nella mia fortuna; poi di variare all'improvviso, e spesso, tutte le mie abitudini; poi di chiamare a rapporto ogni momento il mio tumultuoso Presidente del Consiglio: un po' per sapere di continuo come andava la faccenda della russa, e un po' per castigarlo all'amichevole della infelicissima idea di dire ogni cosa a mia moglie. Era stato lui che me l'aveva fatta venire, benché indirettamente, e poiché mi ritrovava in ballo io, potevamo bene ballare insieme.

Quanto a mia moglie, sarei disposto a dare qualche cosa di bello a chi mi sapesse dire come la pensi, dall'attentato in poi. Deve avere cambiato idea. È vero che con essa non mi combino più che a passeggiare qualche poco a cavallo, in una bella spianata erbosa accanto al parco (una spianata senza aiuole coperte, senza cespugli traditori, dove appena appena si potrebbe dar la caccia alle farfalle, nonché ai regnanti), ma via, il tempo di spiegarsi non le sarebbe mancato egualmente, un po' che avesse voluto. Pare quasi che essa trovi esagerate, molto esagerate, le mie attuali precauzioni, e non soltanto per sé, ma anche per me. Eppure non c'è mica mancato molto che andassi a vedere che ora nella città dolente!

Katie ha durato sempre nel suo sistema negativo, ma c'è di buono che la cancelleria russa ha impreso a parlare per lei, e che, appena avvertita, ha principiato a mandare delle filatesse di dispacci in cifra che non finiscono più. Noi sappiamo per così dire ora per ora ciò che ha fatto la bella donna nei due mesi che ha passato a casa sua; sappiamo che ha avuto in premio il rewolverino in una lotteria di beneficenza (oh che bel premio, in Russia!), sappiamo che è stata sempre con sua madre e che, per le costei opinioni politiche, hon ha potuto avvicinare che le persone più arrabbiatamente devote all'ordine... compreso quello di Varsavia. Ha viaggiato con uno dei miei corrieri di gabinetto per andare in là, e con un altro per venire in qua, e costoro, che non l'hanno mai perduta d'occhio un momento, dichiararono a gara che se essa ha veramente dato di volta, deve essere stato all'improvviso, perché il suo contegno durante il viaggio non fu soltanto ragionevole, ma correttissimo. Però del rewolver non ha mai parlato con nessuno, nemmeno con essi, quando era fresca del grazioso regalo toccandole in sorte. Vuol dire che la pentola stava già bollendo anche durante il viaggio.

Il guardasigilli ed il medico ci hanno già perduto il loro latino e la loro sicumera. Katie parla o sta zitta come le fa piacere, vale a dire che sta zitta col giudice e parla col medico di ogni altra cosa indifferente; parla quel tanto che basti per provargli che se c'è una mente bene assestata, è la sua. Al punto che abbiamo tutti deciso di fare il processo, sia pure a costo del pessimo esempio (pessimissimo, direi, se i grammatici me lo consentissero), a meno che non ci riesca un ultimo tentativo che dobbiamo fare domani. Quando ne avrò saputo qualche cosa, tornerò a scrivere.

Credeva di spicciarmi con una paginetta di sì o di no, e invece ho qui pronta in capo quasi una settimana di ricordi a fascio. Sbrighiamoli al più presto... ma per Iddio che me ne capitano di belle!

Noi avevamo fermato il proponimento di tentare un ultimo colpo — l'ho già detto — ed era di far giuocare il fantasma della madre davanti alla figliuola. Ora che tutto è andato a monte, non serve di riandare le ragioni, buone o cattive, mercé delle quali si era tutti fermamente persuasi di non potere sceverare la responsabilità di Katie da quella della madre sua. Costei poteva benissimo non averci avuto nessuna colpa, è vero, ma era pur sempre la sola persona sulla quale si poteva metter mano, senza far dire al pubblico che brancicavamo nel vuoto. Non si era mai mai staccata per un momento dalle coste della figlia per tutto il tempo che era stata in Russia, e da che parte doveva essere venuto il primo disegno se non di là?

I miei tre rappresentanti (vale a dire le due Eccellenze ed il dottore) apparvero dunque insieme ed in forma solenne nello stanzino della reclusa (uno stanzino tutto imbottito per la lontanissima paura che non desse del capo nel muro) e le intimarono o di parlare o di acconciarsi ad essere pubblicamente giudicata insieme alla madre, accordandole tre ore per pensare ai casi suoi, dopo delle quali, se avesse persistito a tacere, la polizia russa, avvertita per telegrafo, avrebbe fatto immediatamente partire la vecchia sotto buona scorta.

Ed ora do la parola al Presidente del Consiglio, quando mi venne a raccontare l'esito della sua missione.

— Katie non diede il benché menomo segno di raccapriccio, anzi rispose senz'ombra di millanteria e due volte, cioè subito e tre ore dopo, che le spiaceva molto per sua madre bensì, ma che costei avrebbe saputo discolparsi presto. Ce ne andavamo tutti tre mogi mogi, quando arriva una carrozza e ne scende... Sua Maestà la regina! Le corriamo incontro per farle ala presso il vestibolo, ed essa ci narra che si è presa, per la prima volta e senza consultarvi, la piena responsabilità di quello che faceva; che in quel luogo era già stata due volte, voi consapevole, per visitare un'altra sua povera dama, andata pazza davvero, e che le si dicesse tosto se la giovane avesse finalmente parlato, o no. Al nostro diniego ci chiese: «Chi è di voi signori che intenda bene il russo?». Ci guardammo tutti a mani vuote, finché il medico rispose che sapeva appena appena il nome di qualche malattia locale — locale di laggiù, ben inteso — e il guardasigilli che avrebbe potuto ingegnarsi a dire pane e vino come li avrà detti al suo tempo il buono ed esule Ovidio. Era poco, in due, ma io, da solo, non ci arrivava nemmeno e lo confessai con amaritudine schiettissimamente. Allora Sua Maestà prese subito il mio braccio e mi disse: «Conducetemi da Katie». Questo grande onore, dovuto alla mia ignoranza, mi dava un po' di pensiero, per dir la verità. Accennai agli altri due di stare fermi nell'anticamera per darmi una mano in caso di bisogno — non si sa mai, in certi luoghi! — ed entrammo. Katie era in piedi alla finestra verso il giardino e guardava fuori. Si volse adagio, credendo forse ad una nuova e prolissa intimazione, quando, tutto ad un tratto i suoi occhi si scontrarono con quelli di Sua Maestà. Dio che occhi!

— Quali? — domandai, interrompendo.

— Quelli di Katie. Io allora non vedeva altro.

— Andate avanti. Li conosco.

Ma il Presidente aveva preparato il suo discorso e non mi fece grazia di nessuna frase. Seguitò infatti così:

— Fu come un lampo che la cangiasse tutta. Pareva che il suo corpo fosse diventato una pila e che ne balenassero dei fasci di elettricità. Mi misi a guardare un po' per... soggezione verso la porta, un po' per... rispetto verso la regina, e vi so dire da gentiluomo che mai donna regale si è mostrata più degna di sè medesima che Sua Maestà in quei brevi ma grossi momenti. Essa tenne il foco colla maggiore imperturbabilità non solo, ma rispose, di suo, guardando innanzi a sè come guardano le anime alte e pure che sanno dare, senz'ira, tutta la misura della propria forza. Confesso che mi pareva di essere un pulcino bagnato, il quale fosse stato condotto a far da padrino ad un'aquila e ad un basilisco. La regina prese subito la parola e disse adagio, in francese: «I vostri moventi sono stati tre, e ho pensato di venire a dirveli, perché, se gli altri li ignorano, io li so. Il primo...» e qui Sua Maestà appuntò le dita della sua mano destra sul pollice della sinistra «il primo...».

— Ebbene? Il primo?

Il ministro sorrise. Poi disse:

— Doveva essere un primo movente, è vero, ma è venuto fuori adagio adagio in russo... chi ne sa nulla? Poi Sua Maestà fece il medesimo atto sull'indice... e probabilmente sarà stato il secondo; poi sul medio, e sarà stato il terzo. Ma io non posso garantire nulla. I gesti erano chiari, ma per quanto musicale sia la lingua russa, pure è un certo accompagnamento che assordisce bene, anche parlata piano.

— E Katie? — domandai.

— Katie, quando fummo al pollice, si volse del tutto verso di noi, forse perché la luce della finestra, abbarbagliandoci la vista dietro le sue spalle, ci togliesse di rilevare compiutamente l'estremo pallore che le invase il volto; all'indice fu per gettarsi verso di noi, ed io, senza fiato per chiamare gli altri due, mi cacciai in mezzo come un'anima persa; al medio... (cioè al terzo movente, esposto sempre più adagio da Sua Maestà, scandendo tutte le parole come se rappresentassero la calma e pacata espressione dell'ira di Dio)... al medio, la giovane diè un grido altissimo e si lasciò andare a terra in ginocchio, ma non per domandar pietà, non per domandar perdono, bensì per gettarsi colle braccia e col capo sopra una sedia, e lì piangere... ma che piangere!... lì urlare disperatamente come un'orsa ferita. Ma un'orsa bianca, bianca come lei, di quelle del suo paese.

Questo racconto mi turbò parecchio, s'intende bene. Ma non sono re da più anni per nulla e credo di essermi fatto scorgere pochissimo. Vidi subito la estrema opportunità di parlare col presidente e con tutti il meno che potessi, e ben lunge dal domandargli se fra tutti tre avessero poi subodorato nulla, gli chiesi:

— E dopo?

— Dopo il medico e il guardasigilli, che avevano inteso il grido, s'avventarono dentro la stanza, seguiti subito da due infermiere, ma oramai non rimaneva altro a fare che andarcene tutti tre dietro la regina, lasciando la giovine colle due fantesche. Sua Maestà riprese il mio braccio e mi disse che vi pregassi di andar a passeggiare sulla spianata, alla solita ora.

— Ci siamo. Vado.

E andai. Giunsi il primo, ma la cavalla di mia moglie sbucava già dall'altra parte di gran galoppo, per poi fermarsi accanto al mio cavallo, colle due teste una voltata di qua e l'altra di là. È il miglior modo per parlare bene, da stare in sella.

Abbandonai le redini sul collo del mio sauro e lì subito, toccando anch'io prima il pollice, poi l'indice, poi il medio allo stesso modo come aveva fatto lei nel manicomio, domandai senza parlare un po' di spiegazione. E subito essa:

— Ne parleremo dopo, quando Katie sarà fuori delle frontiere. Ora preme che tu la mandi via.

— Dove?

— In Russia. E che tu ve la faccia sorvegliare continuamente da quel governo. Come pazza, s'intende. Là è lecito e noi non possiamo farle minor male di così.

— Purché gli altri non imparino.

— Chi mai? Dovunque la mettano, diranno che è in Siberia e felice notte. O che forse i governi assoluti debbono avere i loro lati buoni per nulla?

— E se i nichilisti la credono dei loro e seguitano?

— Che nichilisti? Hanno altro a fare che occuparsi di noi, quelli russi particolarmente. Non ti va? E tu falle il processo. Ma il primo teste voglio esser io.

— Col pollice, l'indice...

— E il medio.

Feci atto di aderire e fui per andarmene, quando essa, o per rimeritarmi dell'obbedienza, o come pentita di non avermi risposto prima, mi trattenne con la mano e disse:

— Ascolta. Io non aveva solamente pensato di aspettare prima di dirti ogni cosa. Voleva anche farti voltare da un'altra parte per non vedere che viso facevi, udendo. Ma tutto ciò non sarebbe degno di noi. Guardami bene.

— Guardo.

— Katie ha tentato di ucciderti perché ti amava...

— Bell'amore!

— Perché tu non te ne avvedevi...

— Non me lo aveva mica detto.

— E perché, essendo gelosa di me, voleva arrivarmi al core, passando pel core tuo.

Sorrisi visibilmente sotto i baffi e dissi:

— O guarda guarda!

Mia moglie cacciò quasi la testa della sua cavalla sulla schiena del mio, e venutami così ancora più accanto, disse forte:

— Come! Lo sapevi?

— Sfido. Intendo poco il russo, è vero, ma non sono già il Presidente del Consiglio... spererei.

Mia moglie sorrise con rassegnazione. Poi disse:

— Via, il processo l'ho fatto meglio io, ma nell'epilogo hai avuto più spirito tu. Purché ora non ti venga la voglia di andarla a ringraziare.

Non ci sono andato, ma nonostante passai quasi tutta la notte seguente alla finestra, col capo sempre volto da una parte sola. Il treno che portava Katie doveva essere di già molto lontano, eppure ogni tanto mi pareva quasi di averla raggiunta non solo, ma di prenderla pel collo e di morderla a sangue e di baciarla insieme, come se fossi diventato un orso bianco anch'io. Un orso in tenerezza, ben inteso. Oh mia bella e candida assassina, quanto della mia pace e di quella di mia moglie ti sei portata con te? Noi andavamo bene, anzi andiamo bene ancora, ma pure chi mi assicura che d'ora innanzi il mio core non si libri ogni qual tratto sopra gli Urali, e che essa, mia moglie, non se ne avvegga? Via, siamo giusti, mi pare che avresti fatto meglio a cacciarti il rewolverino in bocca, ed a sparare dentro, non fuori. Era una bella bocca sciupata, è vero, ma ora chi la vedrà più, laggiù dove ti metteranno?

S'intende che ho passato tutto il domani ad ammirare nel mio segreto la grandissima ingegnosità della Provvidenza, che sa trovare sempre sempre dei nuovi affanni per tutti. Ce ne vuole parecchi.

Il ballo «Flamenco»

Sono passati altri otto giorni e scrivo ancora, non già perché abbia cosa di qualche importanza da dire, ma così, per distrarmi un po', non essendo ancora ritornato come vorrei. Ho un bel guardare il vaso e pensare fra di me che l'ho scampata bella, ma se l'occhiello, invece di essere alle reni, fosse più su e non si vedesse? Basta, l'aveva presa così male quella sera alla finestra, che quasi quasi mi aspettava peggio.

Rileggo le ultime righe del paragrafo precedente, e sono persuasissimo che qualcuno mi darà del pessimista sentimentale. Non credo di meritare la prima taccia, e meno che mai la prima e la seconda insieme. S'è pessimisti perché, quando si soffre, si vede più nero del solito? S'è sentimentali perché, quando s'è costretti a vedere più nero del solito, si cerca un rifugio in un affetto nuovo, sia pure assurdo, sia pure quasi ridicolo? Vero pessimista è chi rintraccia freddamente il male per tutto, anche dove alla prima non gli riesce di trovarlo, e vero pessimista sentimentale è chi, trovatolo, ci si adagia sopra mollemente, come se fosse un letto di rose, per avere il gusto di gabellare come mal di tutti un male che forse è solamente suo, e per poter dire che s'intenerisce anche per gli altri, mentre il più delle volte non piagne che per sé. Li ho cercati io i miei mali attuali? E perché essi hanno trovato me e mi dolgono, non potrò dirlo senza passare per pessimista? Non potrò deplorare che ne capitino a tutti, e spesso, e volentieri, senza passare per sentimentale? Va bene abusare delle frasi in voga, ma con un certo limite!

Basta. Parliamo piuttosto del ballo «flamenco».

Ho qui a duecento metri dalla corte una specie di café chantant, dove certe ballerine spagnuole hanno fatto girar la testa a mezza la città. I più giovani uffiziali del mio stato maggiore me ne parlarono tante volte con così puro ed ingenuo entusiasmo, che mi venne voglia di vederle anch'io, tanto per tirarmi un po' su e per provarle tutte. Ma come fare? Va bene essere liberali finché volete, ma egualmente io non posso, non debbo metter piede in un café chantant. Le ho fatte condurre stamane in un mio piccolo castello di campagna, ho invitato a venir meco i loro suddetti ammiratori, e ho dovuto escogitare una moltitudine di pretesti per tenere alla larga il presidente e il guardasigilli, i quali avrebbero battuto moneta falsa per poter essere della partita. Che vergogna! Alla loro età.

Il teatrino era stato preparato bene nella sala d'armi, e la luce vi pioveva sopra con lodevolissima industria. Meglio sarebbe stato di notte, s'intende, ma con che core avrei potuto rubare una serata alle bocche aperte ed agli occhi sgranati dei miei... solazzevoli cittadini?

Sono ballerine che sanno cantare, e principiarono con certe nenie prettamente moresche, e però di gusto affatto malinconico ed orientale, molto somiglianti a quelle che si costumano ancora nelle sinagoghe dove si canta all'antica, e dove usano di benedirmi tutti i sabati, con mediocre effetto. Ogni cantatrice veniva a sedere accanto all'accompagnatore, e dava fuori la sua cantilena guardando immobilmente innanzi a sé, come ad un punto lontanissimo dell'orizzonte, colla espressione del viso, più che mesta, severa, e soprattutto colle orecchie intente, come se non facesse che rendere, colla propria voce ed a guisa di eco, la voce di un canto assai remoto, oppure come se le sue non fossero che risposte ad una continua invocazione venutale di lontano, sull'ali del vento. L'accompagnatore — un bel tipo di andaluso con due di quegli occhietti vispi, furbi, taglienti, che s'ha un bel cercare fuori di Spagna — toccava la chitarra con una perfezione di colorito veramente mirabile, ma soltanto ad accenni, a lamenti, e qualche rara volta a scatti, di altrettanto più efficaci quanto più improvvisi ed impetuosi. Come avrebbero dormito bene i miei ragazzi, uno di qua e uno di là sulle mie coste, se li avessi presi meco ad udire quella musica e quegli accordi, salvo a risvegliarsi di soprassalto ad ogni scatto della chitarra! Ma io non dormiva davvero, e quella gran mestizia di nenie, quella sapiente profusione di color locale, quegli stessi visi delle cantatrici, tutte dal tipo arabo, coi capelli crespi, cogli occhioni neri, con le ciglia vellutate per natura e per arte, tutto insomma quell'accozzo di canto, di suoni, di messa in scena, mi avevano quasi compunto. Davvero che non c'era nessun bisogno di imaginazione per figurare tosto nell'accompagnatore lo Spagnuolo trionfante, il quale forzasse le sue schiave — le vergini moresche — a piangere, cantando, la perduta Granata. E più la musica era flebile, più le altre donne, sedute in circolo d'intorno, rompevano ogni qual tratto la monotonia della troppo perfetta intonazione con delle piccole grida improvvise, ora come di spasimo selvaggio, ora come di irruente e subitanea incitazione. Che doloroso contrasto!

Io non rinveniva in me dalla sorpresa. È qui che son venuto per tirarmi su? — pensava. — È per tutto questo che si sono riscaldati i miei ufficialetti? Ma l'hanno capita, essi, l'alta poesia di questa rappresentazione?

Poi venne il ballo. L'accompagnatore non ebbe altro a fare che tirarsi indietro due passi colla sua sedia e di dar posto alle ballerine, cioè alle medesime donne di prima, che vennero avanti a ballare, prima una a una, poi due a due, e tutte col pañuelo avvolto graziosamente ad armacollo, su per l'omero da una parte, giù dall'altra sotto l'ascella, per lasciare più libere le braccia.

Ho detto ballare? Non si può veramente dire che non si muovessero affatto, ma pure il movimento dei piedi era tanto parsimonioso, che appena appena poteva servire per segnare il tempo, come il suono della chitarra. Più che ad ogni altra cosa le danzatrici ponevano mente dapprincipio a disegnare di continuo le forme del corpo, con tutti gli attucci ed i vezzi voluttuosi che potevano farne spiccare la grazia infinita. Andassero adagio di qua o di là, ovvero due passi più avanti e due più indietro, le loro braccia e le loro mani, gentilissimamente piegate, salivano e scendevano sempre, come in atto di delineare una specie di anfora ideale, non saprei se più leggiadra o più corretta. Ma pure il moto lentissimo dei fianchi aveva delle ondulazioni così molli e così tortuose, che avrebbe bastato a turbare i sonni d'un eremita, e che principiò, da sé solo, a chiarirmi gli entusiasmi degli ufficialetti.

Fin qui la parte graziosa dello spettacolo; poi venne quella drammatica. Tutte le donne parvero mutarsi di punto in bianco in altre donne. Non più disegno di forme elettissime, non più anfore fantastiche e diafane accennate nell'aria, non più voluttuosi ondeggiamenti. Come se ognuna di esse fosse stata invasa, tutto ad un tratto, dal foco sacro della mimica tragica, si diedero a raccontare, pestando a forza co' piedi in terra, certe loro storie paurose o feroci, come d'ira, o di sangue, o di agguato, o di vendetta, rialzando ogni cosa ora con delle occhiate lunghe, torve, insidiosissime, ora con un turbinio di giri e rigiri intorno a sé medesime, sempre pestando i piedi, ovvero ponendosi le mani al capo come disperate. Pareva che dicessero man mano: «Ora ci sei. Ora ti uccido. Ora sei morto, e ti pesto, e ti ballo sopra, ma t'amo ancora, e maledetta me!».

Così avrebbe dovuto spiegarsi Katie, se avesse voluto che capissi bene. Anche morto.

Ma ciò che mi fece più impressione, in questa seconda parte del ballo, fu la cura continua delle danzatrici di non dare mai il più lieve segno di fatica, nemmeno in quei pochi istanti in cui il loro programma le costringeva ad una relativa immobilità. A malgrado dei movimenti rapidissimi, delle pestate di piede, della ridda intorno a sé stessa, mai che nessuna lasciasse scorgere, finché era in campo, di respirare a pezzi ed a bocconi come avrebbe dovuto, anzi l'anelito, studiosamente frenato, pareva quasi soppresso, come se si avessero innanzi delle apparizioni, non delle donne. La peggio è che a compito finito si abbandonavano di bel nuovo a sedere al medesimo posto di prima, e allora addio, la natura umana riprendeva i suoi diritti, e si gettavano col capo sul dorso della sedia, ansando affannosamente come persone finite. Non capisco davvero come mai, per serbare l'illusione, non abbiano preso l'abitudine di andarsi a rianimare fuori di scena, e meno ancora capisco in che modo questa seconda parte dello spettacolo possa figurare in un ballo «flamenco». Appunto dalle Fiandre deve essere venuta una furia simile? O che non sia forse per l'abitudine che hanno gli spagnuoli di chiamare «flamencos» gli zingari? Ma allora perché designare costoro appunto così?

Finito il dramma principiò la farsa.

Che i balli popolari di tutto il mondo non sieno mai stati contrassegnati dalla più esemplare decenza, è cosa molto ben risaputa da un pezzo, ma io sono qua per attestare che né la tarantella, né lo stesso «cancan» possono dare il più lontano sentore della... piacevolezza dei più famosi balli spagnuoli, che ci vennero poscia esibiti in bella schiera. Era la carne, anzi la carne grossa, che accorreva per ultima a rompere gli incantesimi della grazia, a sfatare le angoscie del dramma. Eppure che efficacia di rappresentazione in quel trionfo del... positivo! Ciò che prima era stato soltanto ondulazione di fianchi, si mutava ora, visto... retrorso, in moti procacissimi, quasi circolari; ciò che prima non era stato che grazia, ora, caricato, diventava la più insensata, la più flagrante bestialità. Non so davvero se quelle signore, per fare onore alla mia persona, ponessero maggiore amor proprio nel loro ministero, ma certamente posso dire che ho visto uno dei loro «paniers» roteare allegramente intorno come se fosse stato un paleo. Altro che vergini moresche!

O di dove è venuto e come si spiega tutto questo? La moda attuale non ne ha colpa di certo, perché è roba più vecchia dell'Alhambra. Bensì l'indole sensuale di tutto il popolo ci deve entrare per molta parte, e povero me se avessi avuto accanto la mia regale consorella di tutte le Castiglie! Gliene avrei dette di belle, nell'orecchio.

Basta, ora è acqua passata e non macina più. Cioè no, macina ancora, perché mi ha fatto più mal che bene. Quelle donne proteiformi, così graziose, così terribili, così dinoccolate; quell'eterno dramma della vita umana, espresso in un modo così primitivo, come per provarne la patente irremediabilità; quel furore... via, diciamolo pure, così scandaloso, e tutto in furia, in poco più di un'ora, mi hanno contristato più che non fossi avanti, ed anche lo scriverne mi ha giovato poco.

Gli è che io non sono punto qui per fare la commedia, e non mi voglio mica gettare della polvere negli occhi da me, colle mie stesse mani. Potrei dirvi che la passata avventura con Katie mi ha rialzato d'un millimetro ai miei occhi, che mi sento più uomo di prima, che... che so io. Non è vero niente. Mi sento anzi diminuito perché ho il core diviso, sempre meno sensibilmente fin che volete più tempo passa, ma diviso. Mi abituo forse, o vado migliorando, non lo so nemmen io.

So bene che l'ho sempre avuta a morte coi nichilisti, perché hanno assunto, con parte delle forme, tutta quanta l'abborrita sostanza della politica dei gesuiti; perché anch'essi non si peritano mai di giustificare i mezzi mediante il fine: ce l'ho sempre avuta e ce l'ho ancora, ma pure avrei preferito mille volte una Katie gesuitessa, una Katie nichilista ad una...

Basta, è inutile preferire il minor male quando il maggiore è in casa.

Orazio

Urrà! Son salvo. Pensai più volte di non punto narrare in che maniera, ma sarebbe stata una debolezza, e narro.

Una sera in cui mi sentiva un po' rinfrancato da me, e per paura di non ritombolare ancora, andai con la faccia più franca del mondo a cercare io stesso di mia moglie, e le dissi a bruciapelo:

— Come hai fatto?

— A far che?

— A capire tu presto quello che forse non avrei capito io in tre anni.

— Ora me lo domandi?

— Ora appunto. È tanto che ci penso da me e non ci arrivo.

— E perché non me lo hai chiesto prima?

— Oh bella! Perché mi vergognava della mia tardità, che diventava più palese continuamente. Ma oramai son rassegnato e tu trionfa con garbo. Qui nessuno ci vede e non è punto necessario di umiliarmi del tutto.

— Ti vedo io.

E mi guardò ferma negli occhi alla sua maniera, ma con pochissimo frutto. Era tanto contento della piega assunta dal nostro discorso, che la mia contentezza dovette balenarmi anche in viso. Abbassai il lume per prudenza, e come per trar partito delle sue stesse parole, e quando, non che guardarci, appena ci potevamo vedere, me le sedetti accanto e dissi:

— Non ci sono più scuse. E pigliala un po' meno lunga, ti prego. Vuoi che un uomo sia stato amato all'insaputa da una così bella donna e che non gli abbia dato a' nervi?

— Amato! Amato! Ma ne sei sicuro?

— L'hai detto tu stessa, quando io non me lo sognava neanche.

— È vero che l'ho detto, ma è stato forse, più che per altro, per amore della verisimiglianza. Odo sì ragionare molto spesso degli erramenti, delle contraddizioni, delle assurdità dell'anima moderna, ma grazie a Dio mi ci metto dentro a fatica, e posso benissimo avere argomentato alla vecchia, cioè male, e con troppa naturalezza.

— Fosse vero! — sclamai due volte, con un respirone che mi giunse in bocca di sotto terra. — Fosse vero!

— Ti preme tanto?

— Sicuro che mi preme. Bel gusto sarebbe stato che una creatura umana si fosse precipitata per amor mio! Tu dirai che mi voleva bucare da parte a parte. Lo so. Ma se non aveva altro modo di esprimersi con una certa verecondia?

Mia moglie rimase un momento incerta se replicare o sorridere. Poi sorrise e disse:

— Mesi sono — e quanti non saprei davvero, tanto poca importanza ho dato allora alla cosa — ho avuto in mano un bell'Orazio di Katie, e ci ho visto dentro alcune note in margine, che mi sono per così dire saltate agli occhi. Non mi ricordo davvero come sia stato, ma mi pare che quel volume fosse venuto in campo per un contrasto insorto fra lei e il nostro maggiore figliuolo sulla più corretta maniera di leggere un verso. Fra le note insignificanti viste così di volo, una era in margine al famosissimo

Nihil est ab omni

Parte beatum.

Diceva con due punti ammirativi «Fuorché Giunone, la più odiosa di tutte le Dee!». Ho pensato subito fra me e me: «Bella! Ce l'ha appunto con Giunone! Ma Giunone è stata veramente così beata da fare eccezione alla regola? Non mi pare.» E addio. Forse avrò anche avuto voglia di farmi spiegare quella nota, così per curiosità, ma certamente non l'ho più fatto, per dimenticanza. Alla fine dei conti siamo tutti padroni delle nostre antipatie. Se Katie, per il suo mestiere, doveva tenersi in esercizio di latino1, se prediligeva Orazio, e se, scorrendolo, poneva accanto le sue particolari impressioni, fossero pure sbagliate, chi ci poteva avere a vedere? Un professore di umanità, forse: non io sicuramente. Ma quando venne fuori l'attentato, quando passai più giorni a scrutare la intera vita di Katie per molti anni consecutivi, allora le suddette parole mi si affacciarono di nuovo alla memoria, e cercai di quell'Orazio per vederle ancora. Sai bene: una confidenza fatta ad un libro può essere un vero lampo di luce quando si tratta di certe persone. Non c'è bisogno di essere il guardasigilli per saperlo. E le rilessi con più attenzione, man mano che mi venivano sotto, e le trovai tutte così insignificanti come prima, finché arrivai a quella medesima che mi aveva colpito la prima volta. O mio stupore! Aveva avuto un bimbo.

— Chi?

— La nota. Non diceva più soltanto «Fuorché Giunone, la più odiosa di tutte le Dee!!». C'erano sotto queste quattro nuove parole «Pazienza ancora Giove altezzoso!». Capirai: dopo del rewolver non ho avuto bisogno di gran penetrazione per dare un nome a questi due beati, e beati da ogni parte. A me, l'odiosa Giunone, a te, l'altezzoso Giove. Se non che la invidia della mia presunta beatitudine aveva dunque non solo superato di molto, ma anche preceduto, e sa Dio da quanto tempo, il pazientato dispetto della tua alterezza! Eppure il colpo fu vibrato a te. Come mettere d'accordo, come spianare tutti questi ingredienti, così contrari, senza ricorrere alla logica, per abusarne, cioè senza accogliere, come semplice presunzione, accanto al molto male voluto a me, anche un po' di bene voluto prima a te? Certo che il bene del quale possono disporre quelle donne è un bene a parte, e si risolve sempre in uno smisurato affetto per sé medesime. Ti voleva per sé, non per me, ecco tutto. Tu non te ne sei accorto ed essa ha detto «Almeno che non l'abbia lei!». E sparò. Ti pare proprio di essere stato amato? O non ti pare piuttosto che noi tutti, nel giudicare di altrui, si usi mettere un po' troppo di noi medesimi nel capo loro? Io, nei panni di Katie, non sarei stata capace di fare come essa ha fatto, e però, tanto per arrivare a questa... capacità, ho dovuto ricostruire a mio modo la truce storiella, lumeggiandola, almeno nei suoi principii, di un sentimento del quale sentiva in core la continua verisimiglianza... per conto mio. Mi sono spiegata bene?

— A sazietà.

— E che ne dici?

— Dico quello che devi aver detto tu stessa prima di me: tu che hai sempre trattato così benignamente quella disgraziata. Dico che noi regnanti siamo per certi rispetti molto più infelici degli altri uomini, perché più esposti di tutti a misurare fin dove arrivi la ingratitudine. E dico più forte ancora che hai fatto assai bene ad aprirmi gli occhi ed a mettermi in guardia contro le belle donne, e sieno pure di corte. Appena che una mi faccia o gli occhi teneri o gli occhi duri, so cosa devo fare. Non voglio più occhielli nelle reni. Sta attenta anche tu e mettimi sull'avviso, prima che mi capiti la seconda. Sai bene a chi mirano... quando tirano.

Ci separammo ridendo, ma pure, che volete? Mi è un po' seccato veder dileguare così tra il fosco e il chiaro un romanzetto, già reso innocuo, e sul quale aveva fatto un certo assegnamento, forse per le brutte giornate che mi era già costato. Del resto non è piacevole salvar la pelle a fatica e rasentare il ridicolo... almeno davanti a sè stesso, per poi dovere anche metter la cosa in celia pur di rimanere in contegno... almeno davanti alla moglie. O se pure è piacevole, basta una volta sola.

Ho principiato questo paragrafo con un «Urrà» per dire che prima, tutto sommato, andava assai peggio, e per unirmi alle grida del mio popolo, che sta plaudendo al mio natalizio, dalla piazza di corte. Se non che l'uomo è fatto di contrapposti, ed anche ora... bel gusto! Prima sì, e poi no, e poi sì e no insieme. Via, è una mortificazione. Ma ho il rimedio pronto: mi vorrò molto bene da me, senza punto adoperarmi come un bastone per dare addosso alla regina, a uso di Katie, e senza punto osservare molto diligentemente se quelle migliaia di persone fitte fitte, che mi urlano sotto le finestre, sieno in buona fede, o no. Oh se l'egoismo avesse corpo solido e figura visibile, che gran montagna non si rizzerebbe ora qui in piazza, con tanta gente! Mi chiamano più forte per applaudirmi di fronte. Vado.

Sono andato e ho detto inchinandomi e sorridendo qua e là:

— Ah sì? Ah no? Ah sì e no insieme? Se sapeste come càpitano belle al vostro re! Forte, forte, più forte ancora. Oramai è assodato che voi plaudite voi stessi, plaudendo me. E per voi non c'è polmoni che bastino. Ma se fossero fischi, non ci sarebbe più bisogno di ricorrere alla logica per ispiegarli meno male. Sarebbero tutti miei, senza contrasto.

Parola d'onore che se qualcuno avesse fischiato davvero, ci avrei avuto gusto in quel momento. Invece il popolo vedendosi inchinato e sorriso più a lungo del solito, dava dentro a furore nei suoi «Urrà».

— Plaudite, cives, — seguitai a dire come prima a mezza voce, e buon per me che nessuno mi udiva, — ego me plaudo, ma per altre ragioni delle vostre, perché sono «ab omni parte beatum». Eppure mi cambierei volentieri in quei due giovinetti, che vedete là dietro di voi, e che profittano dei nostri comuni applausi a noi medesimi per stringersi la mano furtivamente e tirar via uno di qua e l'altra di là, guardandosi dietro le mille volte. Quelli, quelli plaudiamo, e non me, e non voi. Sono forse le sole persone qui in piazza che non portino il loro contribuito alla suddetta grandissima montagna di poc'anzi. Basta, basta e andate a casa. O arriva la regina colla sua logica a sgretolare dalle fondamenta il romoroso obelisco del vostro entusiasmo... «Prima sì, e poi no, e poi sì e no insieme». È affatto inutile. Di voi lo sapeva prima, così in barlume, ma di Katie no. Ed è per questo appunto che mi ha dato più noia.

Urrà.

Battaglie

La lotta per la cultura

Mio povero popolo! Non ho che a rileggere quello che scrissi molti mesi sono qui dietro, per vedere come sia facile di pigliarsela con tutti, quando la si abbia forte con uno o due. Fino a quel momento le moltitudini mi erano apparse come semplici e bonarie, e non ci voleva meno di quello che mi era accaduto prima che andassi a fare le due parti in commedia alla finestra, perché tu mi potessi apparire così mutato e diverso. Ma fu per poco, e tu stesso mi perdoneresti il mio breve errore, quando sapessi in che larga misura l'abbia scontato poi, soffrendo per tua cagione più assai che non ti abbia ingiuriato prima, per mio conforto.

Il mondo cammina verso l'ignoto, dicono tutti, e si sapeva da un pezzo, perché il domani è sempre stato in grembo a Dio. Ma cammina male, aggiungono, e la stessa civiltà, già fradicia, sta per inabissare come squagliata in un crogiuolo senza fondo e senza misura: una specie di mar morto, di dove i torrenti umani, rinovellati, partiranno un bel giorno alla conquista dei nuovissimi ideali. Allora sarà un bel nascere!

Poetiche, sonore e confortevoli parole (specialmente quando si pensi che siamo nati adesso e non allora), ma perché cammina male il mondo, domando io? Ha una gamba di legno? — Sì precisamente! — E qual è?...

Chi lo sa!? Per questi è la fede, per quelli la ragione. Ma una delle due gambe, e per questi e per quelli, rimane sempre di legno, e resterà, ho paura, anche quando l'umanità avrà fatto il suo terzo o quarto bagno lustrale dentro il «mar morto». — Vorrebbe significare che gli uomini farebbero meglio a lasciar correre ed a tirar via, ma sì, andateglielo a dire!

E così accade troppe volte che il dissidio, di nominale che è, diventa acuto e si viene ai ferri corti. Non ne spiccia più sangue, no, ma che vale, quando si esacerbano gli animi e si fa strazio delle coscienze?

Se non che, prima di seguitare, credo di dover dire — per la grandissima opportunità del momento — in che rapporti mi trovi con Sua Maestà Divina, come diceva quella buona lana di Benvenuto, quando gli pigliava il capriccio di essere timorato e pio.

Sono cordialissimi, e mi brilla l'anima nel dirlo. Certamente che faccio anch'io come gli altri uomini, e me ne occupo più assai quando mi va male; ma da che parte, se non dagli stessi miei sudditi, mi è venuto il cattivo esempio? O forse che essi mi lisciano più volentieri, allorché hanno men bisogno di me?

Ma quando me ne occupo, quando invoco l'aiuto di Dio nel silenzio e nella solitudine del mio pensiero, sarò sì più infelice del solito fin che volete, ma pur nonostante una sovrana certezza, che niente al mondo varrebbe a sradicare, m'invade il petto e mi sta d'intorno: quella di esserne udito, come se gli parlassi a viva voce, come se mi rispondesse presentemente.

Questa è la parte lirica della mia fede in Dio, e me ne tengo, perché sono anche discreto e non mi sogno nemmeno di chiedergli ragione del male in terra, o di altre simili antichità. Mi basta che mi aiuti a sopportarle. Ma c'è anche la parte comica, e bisogna rassegnarsi a dirla, anche a costo di far ridere le pietre. È l'assoluta certezza in cui mi trovo che Domeneddio si debba occupare più assai di me solo che non dei miei sudditi, presi uno a uno, e che Egli non possa a meno di fare qualche differenza fra un re non ancora spodestato, come sono io, e il primo povero diavolo che vi venga in mente.

Consento sì per prova che questo presunto vantaggio si risolva tutto in un grave danno per me, e che il Signore, visitandomi più spesso, mi debba mettere a ben più duri cimenti che non metta quello; ma che io non abbia ad essere, nemmeno per Domeneddio, un pover'uomo di qualità eccezionale, no, non mi va giù. Ridete pure, ma non mi va giù egualmente.

Torniamo al caso concreto.

Le prime avvisaglie furono occasionate da uno di quei fisiologi che sogliono abusare della vivisezione. Un predicatore in voga lo prese di fronte, gridando:

— Galeno studiò anatomia sui cadaveri delle bestie, e poi si violarono le spoglie battezzate; ora si fa scempio degli animali vivi, e presto, per lucro e per viltà, si farà segretamente il medesimo della carne umana.

Le pinzochere si diedero l'intesa e strillarono tanto dovunque da levare di sentimento anche molti uomini, già ragionevoli, i quali non videro, o non vollero vedere, la perfidia dell'illazione. Io aveva un bello esprimermi in argomento dicendo: «In queste cose bisogna procedere per gradi. Voglio, per esempio, molto bene alle bestie più vicine all'uomo, e non voglio punto male a quelle più lontane e meno importanti, ma se mi chiedessero di martirizzare un centinaio di polli per dare molto probabilmente più vita e più salute ai cani ed ai cavalli, io non esiterei un minuto secondo, dico la verità. Medesimamente dobbiamo saper sagrificare dei cavalli o dei cani, allorché si abbia fondata speranza che ne possa venire qualche vantaggio a noi. E la scala dell'essere che bisogna considerare, e non lasciarsi mettere in sacco dalle capziose argomentazioni dei fanatici, i quali, pur di fingere di ignorare la legge, la saltano di piè pari. Vorrei che si toccasse il dito mignolo d'un uomo sano e vi farei vedere!».

Fiato perduto. Il venticello di Don Basilio divenne presto un uragano, ed io, lo dico per mia vergogna, non sono punto riuscito a salvare il fisiologo, il quale dovette portare altrove la sua carne viva e la sua grandissima mente, lasciandomi in eredità un paio di grosse controversie, combattute contro mia moglie, che, troppo assennata per darmi torto, pure mi rimproverò due volte acerbamente il mio scoprirmi troppo. Sicuro che mi sono scoperto troppo, ma io credeva anche di averla vinta, oh bella! Essa doveva dirmi, litigando, che non ci avrei cavato un fico secco; ma non me lo ha detto, perché non lo credeva nemmeno lei. È tanto facile sbagliare i pronostici quando ferve la lotta!

E così lo spirito delle tenebre, imbaldanzito dal trionfo, mosse compatto alla conquista delle terre, come dicevano gli storici antichi, tentando di adunghiare tutto l'insegnamento, tutto l'indirizzo scientifico, tutta quanta la pubblica azienda. Non gli bastava più di affermarsi con vigore nella vita minuta e domestica della nazione, no, voleva ipotecar l'avvenire a suo solo profitto, quasiché Domeneddio ci avesse dato core e capo non per adoperarli entrambi a tempo e luogo, ma perché questo dovesse levar le castagne dal foco per amor di quello. E poi che core! Ce n'entrava tanto negli armeggiamenti dei goccioloni quanto c'entra Pilato nel credo. È il core della gatta che si lecca bene, quando, per sottrarre i suoi piccini alle peripezie della vita, se li mette in salvo dentro la pancia. Fatemi un po' il piacere!

Ma fu qui che dovetti dar ragione a mia moglie, e che profittai dello scacco per non cader nella pania una seconda volta. Veramente il «caso» non era più soltanto concreto, era universale, e forse forse mi sarei regolato bene anche senza la prima lezione. Ma ho sofferto mille volte più che a regolarmi male! Almeno allora mi era sfogato a piacimento, ed ora invece... che pena a star zitto! Posso bene giurare che non ci voleva niente di meno per attenuare prima e per disperdere poi quasi affatto il ricordo di Katie.

Grazie alle altalene che sogliono sempre aver luogo in tempo di rivolgimento generale, ho dovuto prendere alle coste e rossi e neri a vicenda, ma non ho mai sofferto, proprio mai, che si facesse meno di giustizia ai caduti, che non ai trionfatori, secondoché le improntitudini venivano di qua o di là. Non ci fu sottigliezza parlamentare con la quale non abbia dovuto battermi corpo a corpo, secondo i momenti, pigliandomela soltanto coi mallevadori al potere, e lasciando credere così ai «miei» come agli «altri» che io fossi caduto in una specie di letargia politica, la quale scemasse di nervi e di polpe ogni atto, ogni pio desiderio della corona.

Figuratevi un povero re affannone come sono io, costretto a desiderare che le faccende vadano sempre bene bene, piane piane, liscie liscie, per non rimetterci la salute se non la pelle, figuratevi, dico, la fatica che ho dovuto durare a non far la figura del vaso di creta in mezzo ai vasi di ferro, con una doppia lanterna magica di matti da tenere in briglia a pochi mesi di distanza gli uni dagli altri! E lo stento continuo di rimanere il medesimo uomo di prima con questi e con quelli, perché la doppia sofistica degli uni e degli altri non mi si appiccicasse nella testa, nemmeno di passata e per semplice contagio. Figuratevi!!

Doppia sofistica? Perché doppia?

Perché io non faccio nessuna differenza fra i due partiti estremi, e credo anzi che si tocchino più assai di quel che non dica il proverbio: che sieno cioè d'un pelo e d'una lana. Così si potessero mettere entrambi in un paiolo e poi soffiare, con legna sotto, fino al giorno del giudizio. Ma non si può. E intanto noi uomini di buona volontà, con la schietta imagine di Dio nel cuore, e col vero intendimento in capo di rialzare, per quanto è possibile, i poveri di spirito e i poveri di pane, noi, stretti di qua dai dogmi, di là dalle frenesie rivoluzionarie, dobbiamo spesso stare a vedere e dire miseramente:

— Il tempo è galantuomo. Passerà anche questa.

Quando le innumerevoli raffiche principiarono a smettere, mi son preso fra le ginocchia il mio maggiore figliuolo (non a sedere, intendiamoci, perché pesa già bene) e gli ho detto:

— Figlio mio caro, hai a stare bene attento a quel che ti dico oggi. È la prima volta che ti parlo molto sul serio, e non dovrebbe essere troppo presto, con tanti bei libri che ti sei già docilmente mandati dentro. M'ascolti bene?

— Sì davvero.

Gli si poteva credere, perché, per sua fortuna, tiene da sua madre, e non ha nessuna fibra di artista in tutto lui. Piuttosto il secondo, poverino.

— Or bene! — seguitai. — Io non ti domando che cosa tu abbia pensato di questi ultimi tempi, perché la risposta non sarebbe ancora dalla tua età. Bensì ti dico di conservare più che puoi nella memoria i molti fatti che ti sono ora passati innanzi, per riandarli a tempo e luogo, colla scorta di maggiori studi e di maggior consiglio. Ma non occupartene mai, specialmente allora, senza ponderare bene se tu non possa accogliere, come base d'ogni tuo giudizio, ciò che ora sono per dirti e che è la più esatta rappresentazione della mia politica... celeste:

Credi in Dio e credi nella ragione umana, come nella più forte opera sua: fin dove questa arriva, lasciala arrivare volentieri aiutandola; dove non arriva più, inchinati senza falsa modestia e senza ipocrite restrizioni. Avvalora anzi colla parola e coll'esempio il rispetto della fede, ma come di cosa inestimabilmente preziosa, a tutti gli uomini, perché tutti a quando a quando infelici, e non già come se fosse una valvola di sicurezza, che ti convenisse di tenere aperta più qui, dove hai sudditi e beni e lista civile, che non altrove, dove non hai che vedere. Lascia andare in frantumi la tua corona, avanti di consentire che si faccia della fede uno stromento di parte, per rincalzarti il trono, e tieni a mente che se la religione è la sola medicina a noi conceduta per condurre gli uomini a vivere ed a lasciar vivere, cioè per tenere in sesto i rapporti umani, non c'è invece forma di governo, la quale, reggendosi politicamente per essa o mediante di essa, non si riveli subito per ulcerata e decrepita. Lasciala cadere;

tanto non ne caveresti nulla, nemmeno se ti giovasse di ritardarne la caduta. —
Tu dirai che Roma fa eccezione, perché ha sempre campato di politica munita
dalla fede, ed è pur così viva e forte. È vero. Ma troppe altre ragioni si sono
riunite, nel corso dei tempi, per risarcirle a mano a mano la tiara, e lo Stato
moderno, scostandosene sempre più, è divenuto troppo da lei diverso, perché
nessun paragone possa valere nemmeno sofisticando. E però appunto ti dico di
andar colle buone con essa, come ho fatto io dopo la prima lezione, se non
altro per tema che pigliandola di fronte non ti si attacchi qualche parte
dell'antico errore, di cui essa sola può vivere. Credo per ultimo che fin quando
ci sarò io, non si tornerà più da capo, e poco male se, avendo vinto, sono
invecchiato tanto a prendermela troppo, ma tu sei giovine, e però farai bene a
studiare il terreno più presto che puoi, a raccogliere le tue forze ed a prepararti
così una più facile e men tormentosa vittoria.

Le esposizioni

Copio dal mio taccuino di tasca.

E precisamente quello che pensai l'anno passato, quando mi esplodevano in
viso parecchi discorsi, a base di entusiasmo economico e sociale, per l'apertura
d'una mostra, più grande del solito. Come era fresco di memoria, perché ho
scritto subito, così posso garantire che è tutta verità. Se gli oratori mi avessero
visto, avrebbero ritenuto modestamente o che io facessi il sunto dei loro
solenni periodi, o che mettessi giù le mie impressioni, per paura di
scordarmene.

Ecco invece a cosa ho pensato parola per parola:

1.

Aveva quindici anni, e mi era abituato a dir bugie, tutte le volte che mi faceva
comodo. Stava benone, come stanno bene costoro, che parlano presentemente,
e che ne infilzano parecchie, una a una, cogli occhi volti al cielo, per
testimonio. Poi ho capito da me la indegnità della cosa, e non me ne è più
scappata mezza per nessun pretesto.

Bene bene non sono mai più stato.

2.

Che è l'umorismo?

L'umorismo è l'arte di far sorridere melanconicamente le persone intelligenti.

Nel pubblicare le mie memorie, dovrei mettere, come per motto, questa domanda e questa risposta, e poi dire ai lettori: Vediamo dunque di farvi sorridere... melanconicamente.

Non sarebbe il medesimo come trattarli di brave persone?

3.

Katie ed i clericali mi hanno finito mezzo. Come son dato giù! Cerco lo scemo, il contorto, l'assurdo da ogni parte. Basta che mi ritrovi in ottimo accordo con una nazione amica, perché la più piccola cosa mi faccia diventare insoffribile il ministro che la rappresenta a casa mia, e viceversa ora che sono un po' sul tirato con certi miei vicini, ora mi prenderei volentieri sotto braccio il loro Residente, che ho qui dinnanzi, e me ne anderei seco a passeggiare fino a mezzanotte.

Sarà progresso, come si usa dire da molto tempo quando accade di vedere qualche cosa che vada assai male.

4.

Da poco in qua allorchè mi càpitano dei giovinetti e delle verginelle che tremino verga a verga per il solo fatto di dovermi dire qualche parola, è precisamente come se mi dessero un gran colpo. Eppure una volta sapeva levarli di pena con tanta buona grazia! Eppure so di averne veduti crescere degli altri, ed arrivare meco piano piano alla più equilibrata disinvoltura! Ora invece è come se mi dicessero a gara:

«Noi tremiamo perché tu sei solo, ed unico, su troppa carta geografica, e perché ti ritrovi fuori della legge... fuori, come dire, della misericordia umana. Ti si amasse anche, tu non potresti ricambiarci tutti, perché siamo troppi, dunque varrebbe meglio smettere, anche potendo. Ma non si può, e tremiamo».

5.

Ciò non ostante, ho anch'io mia moglie, ho anch'io i miei veri figliuoli. E non me ne posso lagnare. Ma chi mi assicura che essi medesimi non mi amerebbero di più se ci si svegliasse una mattina sotto forme più modeste, più comuni, più accessibili a tutti quanti? Giurerei di sì.

6.

Costoro seguitano coi loro discorsi, mandati a memoria, e non capiscono che la società umana rassomiglia ad un viandante, che si sia incamminato col cattivo tempo e coll'ombrello rotto, sapendo benissimo di non trovare un cane che glielo aggiusti lungo la strada. C'è qualcuno ancora che abbia fede in quel povero ombrello? C'è qualcuno ancora che abbia fede nel felice e fratellevole scioglimento della question sociale?

Secondo me non rimane che bagnarci e tacere, o bagnarci... e parlare. Ma che brutte parole!

7.

Fin che gli uomini saranno come sono, ciè in parte morigerati ed in parte voluttuari, le loro fortune dovranno di necessità atteggiarsi molto diversamente, e la question sociale tirerà avanti in eterno. Quelli che predicano gran bellezze, mi fanno l'effetto delle gentildonne di mia moglie, allorché debbono prendere il lutto ufficiale di corte, e che però si vestono di bianco.

8.

Ho visto una volta Pierrot che stava serio da una parte e si scompisciava a ridere dall'altra. Io faccio peggio, ora. Sto serio per di fuori, e rido dentro di me. Ma rido male.

9.

Un oratore che parli male in pubblico mi fa mille volte più pena d'un ammalato che triboli sul suo letto di dolore. Questo ha due maniere di guarire, ma quello, che maniera ha? Può tacere, direte, ma non basta: ha parlato, ed io ricorderò sempre che ne ho sentito ora una mezza dozzina e che non mi hanno mandato in capo una sola parola. Fossero baritoni, e stonassero, almeno vi passerebbero da parte a parte come una spada.

10.

Adornano il trono qui a me dappresso due vaghi ed impettiti ufficialetti: i più giovani fratelli di mia moglie, venuti espressamente per la cerimonia. Li aspettammo ieri alla stazione, dopo di aver previsto, dalla mattinata, che più tardi, vale a dire alle due e cinquantasette minuti, ci saremmo precipitati gli uni nelle braccia degli altri. Questo intervenire della più precisa aritmetica nei nostri rapporti affettuosi non mi è mai andato a genio. Mi pare che ognuno, tanto chi aspetta come chi arriva, sia tratto giuocoforza a ripassare mentalmente la sua prossima pantomima, e tanto più di core quant'è più imminente.

Ieri il mio solo conforto era di pensare che accadrà il medesimo anche ai borghesi, quando non tarda il treno.

11.

I miei giovani cognati stanno poco attenti anch'essi, e guardano militarmente, cioè a capo fermo, quante più possono dame d'onore.

Ha avuto un grande ingegno mia moglie a procurarsene tante di belle! Deve aver capito che per me erano molto più pericolose le brutte simpatiche. Così invece io mi sono abituato a considerare la bellezza come cosa molto naturale, molto ovvia e frequente, e così abituato ho avuto campo di persuadermi a mio bell'agio come spesso e volentieri si accoppi alla più sciocca tenuità di spirito. Dico sciocca non per dire stupida affatto, ma per dire senza sale. Le belle salate sono quasi unicamente quelle che tentano di servirsi della bellezza per vivere, ma con tutte ci riescono, ed anzi la più parte ne muoiono.

12.

Ho fra carne e pelle una buona dose di rabbia, pronta sempre a farsi sentire più o meno a seconda delle cause occasionali, che non mancano mai, basta averne bisogno. Quando sto benino, me la prendo soltanto con le persone più indifferenti, perché ci soffro meno, e quando sto peggio, colle più prossime e care, perché ci soffro il doppio, ma o leggiera o pesante, o di sera o di mattina, una certa dose di stizza bisogna che l'abbia ogni giorno.

È cosa normale questa? No. È indizio di cervello svolazzatoio? Piuttosto.

Ora si domanda:

Val meglio dare in smanie un dato tempo senza punto saper di sé, e poi morire, ovvero seguitare a spizzico per cinquant'anni a sentirsi stravaganti un par d'orette il giorno senza poterci nulla?

13.

Oggi devo stare assai bene, relativamente.

Chi accende più di tutti la mia iracondia è un poeta sfatto, che sta parlando, e che si è dato alla vita politica da poco più di tre anni. Dice ad altissima voce:

«Le grandi esposizioni sono come le colonne miliari della nobile via che ci siamo affidati di percorrere: la via del riscatto delle nostre plebi».

Io invece le paragonerei alle persone di un villaggio che sbucano fuori in piazza a due o tre per volta, come se si fossero accordate prima. Perché solitamente la piazza non istà mai vuota un paio d'ore di seguito? Perché solitamente le persone non isbucano mai a frotte chi di qua e chi di là tutte in un momento?

La risposta è facile: non c'è gran gente, e quella che c'è deve attendere ai casi suoi dovunque si trovi.

Così le esposizioni fanno quel che possono per rianimare il lavoro, ma ci vuol altro, e la piazza rimane pur sempre quasi vuota, a meno che non si suonino le campane a stormo.

Qui ad un tratto il poeta sfatto, vedendomi distratto, fece finta di diventar matto e principiò a tempestar l'uditorio con una serqua di rime stonate, perché gli si desse più retta. Non ho più potuto fantasticare a mio talento.

Ora è scorso un anno e pur troppo devo dar ragione al mio taccuino di tasca. Le lustre sono lustre ed anche le esposizioni non canzonano, tant'è vero che gli operai, pagati allora con delle mercedi accordate senza criterio, si sono abituati assai male, ed ora scioperano a tutt'andare per mantenersele. Dovranno cedere, lo so, ma intanto soffrono, e tra qualche anno si tornerà da capo colle «colonne militari» e col «riscatto delle nostre plebi».

Si sta per venire alle mani

Giusto questo il momento di pigliarmi sotto braccio il Residente dei miei cari vicini, e di andarmene seco a spasso fino a mezzanotte! Si sta per venire alle mani.

Ho tirato in lungo assai prima di mettere in carta la più piccola parola in proposito, ma ora che ho tanto pensato al pericolo, sarò anche guardingo nell'evitarlo, si spera, e non scriverò certo nessuna cosa, la quale, trovata poi, possa nuocere al mio popolo, mostrando in avvenire ai suoi nemici da quali segreti intenti sia stato mosso chi più lo ama e più lo vuole sostenere in alto. Fin che si tratta di me, fuori per tutto e pagherò di persona, ma i miei non hanno colpa delle mie debolezze, e non sono essi che debbono risponderne. Ne hanno già abbastanza per conto loro.

Dico adunque che gli scrittori politici non sono mai stati così ghiotti di luci retrospettive, per ghiottissimi che ne fossero di già. E più specialmente di quelle che si possono desumere dai voti e dai rimpianti dei principali personaggi, quando appunto gli animi si preparavano alle lotte imminenti. Ma gli scrittori fanno il loro dovere, tentando di ammaestrare di qua e di là, io invece tengo per qua e non per là, se Dio vuole, e certe cose mi guardo bene dal dirle forte anche da me. Figurarsi se le voglio scrivere.

Mi limito ad osservare che la mia corte, quando vuole mandar giù qualcuno, preme sulla regina, e quando vuole mandar su qualche altro, preme su di me. Già: il mondo alla rovescia, a lei i partiti forti e regali, a me i graziosi e benigni. Ora il giuoco è doppio, perché non c'è tempo da perdere, e il mio vecchio capo di Stato maggiore ha più bisogno di star seduto che non di montare a cavallo. Che fa la corte? S'è data a corpo morto ad un candidato giovine sì, ma più conservatore di mia moglie stessa, e come sa di non durare, auspice lei, nessuna fatica a mettere a sedere il vecchio, così armeggia a tutt'uomo, anzi intriga come una donna, perché mi prenda il giovine. Me lo trovo davanti a tutti i pasti, e me lo imbandiscono in tutte le salse. «Va preso com'è, — mi dicono, — perché ha il pugno forte, e perché questo non è tempo da ministri di Luigi Filippo». Io cederò prestissimo del tutto, per evitare qualunque rimorso, ma avrei preferito, lo confesso, un capo di Stato maggiore il quale si fosse messo in campo per la patria e pel re unicamente, e che, nello sfoderare la spada, non avesse lasciato balenare i principii politici di nessuna scuola. Dopo ci sono sempre quelli che arraffano troppo del bottino, se si vince, o che rimbrontolano eternamente la scelta, se si perde.

Ma la corte va ascoltata quando si tratta pro aris et focis: ha troppo da perdere se non imbrocca bene, e come non c'è mai stato né sorriso, né giuoco di ventaglio, né seduzione di gentildonna d'onore che mi abbiano mai spinto a commettere la più piccola ingiustizia (l'han tentato, poverine, i primi anni, ma glien'è passata la voglia per un pezzo), così ora non mi vergogno niente di badare ai gentiluomini, e fingo di non accorgermi che sono stati essi, essi principalmente, coloro che hanno montato la massima parte della stampa e i più romorosi cantucci del parlamento e dell'esercito.

Faccia Dio che tutti, compresa la corte, possano andare profondamente persuasi di avere agito per il ben comune e non per quello di nessuna parte, e che tutti fra poco, nello schierarmisi a lato, si dicano come me sinceramente:

«Sto in campo con Dio e col mio buon diritto. Sto in campo per la mia patria, per la mia donna e per i miei figliuoli. In guardia».

Nessuna maraviglia che anche i nostri nemici non pensino precisamente il medesimo, ma io auguro loro che lo possano pensare col core altrettanto leggiero del mio in questo momento. Scelga poi Dio fra i nostri due «buoni diritti». Noi abbiamo i punti di vista troppo diversi e non possiamo.

Ciò che posso far ora, per mio trattenimento, è di compiangere gli storici di qui a cinquant'anni, i quali, visti gli effetti del dissidio, dovranno metterli d'accordo con le cause. Dove sono queste cause della mia o della altrui fortuna? Io non le vedo. Ad uomini e ad armi siamo pressoché eguali, e se noi per esempio adopereremo ogni cosa male e gli altri bene (Dio disperda l'augurio), vorrà dire per questo che noi andavamo messi fin da ora dalla parte del torto?

No no, le cause sono fatte apposta per essere vedute dopo e mai prima, ecco la verità.

Ce n'è una bensì molto generale e che il più delle volte non si suole guardare nemmeno dopo, benché tutti la vedano, ed è che ogni popolo deve necessariamente avercela con un altro, e non importa che sia sempre il medesimo, anzi viceversa più uno oggi si mette a letto bene con questo e male con quello, e più domani può risvegliarsi mutato a cacciare su quel che era giù e giù quel che era su. Quest'ultimo popolo può pagare le spese per poco o per molto tempo, secondo che la malattia attacca più o meno, ma quando attacca bene, quando gli empiastri diplomatici funestano anziché giovare, allora il teatrino si muta in un campo trincerato, e giù botte da orbi di qua e di là. È certo che queste medesime botte, allentando per un pezzo gli umori a destra, prepareranno senza dubbio il terreno per inacidirli a sinistra, finché tutti gli attori, cioè chi le ha prese o date e chi si prepara a darne o prenderne delle altre, non se ne vadano a dormire alla rinfusa, lasciando agli storici il pio ufficio di cullare il sonno eterno a tutti, con una cantilena di spropositi, sia pure in buona fede. Merita? Di dormire sì, ma non di svegliarci daccapo, mi raccomando.

Il teatrino sarà piccolo fin che volete, ma c'è posto per tanti dolori che non par vero.

Chi imbrocca meglio di tutti è forse il popolo minuto, il quale suole talvolta lasciarsi prendere meno di quello grasso dalla malattia generale, e che, a conflitto imminente, dichiara spesso che sono i re in persona quelli che dovrebbero picchiarsi tra loro, e finirla. Perché, dicono, i re sono sempre d'accordo fra di loro, e fanno apposta per diminuire il numero della gente, quando ce n'è di troppa a mangiare e bere.

Io ci starei, guardate.

«Signor, vincemmo»

Sono qui solo. È la seconda nottata dal mio ritorno dopo la guerra. E scrivo.

Almeno Otello aveva un doge al quale dire: «Signor, vincemmo». Era presto detto. Io invece non ho che un foglio di carta e una malattia insanabile: quella di mettere del nero sul bianco. Vuol andar in luogo, ho paura, avanti che vi dia il buon esempio e mi ci addormenti sopra. Rassegnatevi dunque a vedermela pigliare in modo assai meno sbrigativo del Moro, e poniamoci a guardare gli uomini e le cose da tutt'altra parte.

Niente mi dà più noia della moda, oggi prevalente, di mischiare la troppa tenerezza al pessimismo, ed anche alla semplice ironia, e voglio sperare di avere ovviato il più che ho potuto a questa vera stortura d'indirizzo morale, ma adesso la tentazione è grande, e voi mi decreterete, spero, un po' di corona civica, se saprò rasentare il pericolo, senza piombarci dentro con armi e bagaglio.

Ragioniamo. Come avete visto, io mi sono preparato alla guerra con molta leggerezza, ma quando venne il momento di rimandare i passaporti al Residente dei miei vicini, ne ho avuto un vero schianto al cuore, quasiché dovessi bere, bere io medesimo e in un attimo solo, tutte le lagrime delle vedove e degli orfani di qua e di là. Son partito pel campo con una sola speranza in core: quella di procurare, soffrendo io, un po' di pace al regno del mio figliuolo. I miei popolani mi correvano incontro a braccia aperte, cercandomi negli occhi la fede nella vittoria, ed io quasi non ne vedeva le faccie, non ne sentiva gli urli, come se, con tanto strepito intorno, andassi già cavalcando in mezzo ai morti ed ai vinti. La mia povera anima era tutta volta a guardare sé medesima ed a chiedersi continuamente, con ansia indicibile, se avesse fatto davvero tutto quanto era da lei per evitare il sangue e le stragi. Che mi valeva allora di ricordare che noi tutti, ed io pel primo, non eravamo che gli strumenti consapevoli del Fato, o meglio le vittime sue consapevolissime? Nulla. Il dolore ha un bel sofisticare: è sempre dolore.

Vennero a scuotermi da quel misero e torpido stato d'animo i primissimi fatti d'armi. Riuscirono tanto bene che più volte, nell'affanno di correre, di deviare, di stenderci da tutti i lati per trarne partito, stetti quasi per invidiare i nemici, i quali non avevano almeno che un pensiero solo: fuggire, e una sola linea a percorrere: la linea retta. Essi erano già tornati a casa loro: potevano raccogliersi, potevano munirsi. E si munirono così bene che la prima giornata campale somigliò per un pezzo ad una di quelle tempeste di montagna, durante le quali non si sa davvero da che parte tiri più vento, e dove gli abeti o si piegano di qua e di là, ovvero durano immobili perché sono investiti da tutti i lati.

Se non che le mie molte nottate a ciel sereno e i permanenti andirivieni dei primi sbaragli mi avevano già ridotto come riducono tutti, anche i coscritti: Marte cioè mi aveva già invaso dalla testa ai piedi ed io mi era già sorpreso più volte a pensare ai casi miei, senza mai turbare la chiara visione dell'intento, fosse prossimo fosse lontano, con la più piccola mistura di angosciosa contraddizione. Quando poi il gran dado fu tratto e mi vidi in mezzo a quel po' po' di cimento, durando per delle ore a non sapere se fossi in piedi o a terra, oh allora vi dico in verità che avrei voluto perdere e morire mille volte sul posto, anziché andarmene senza aver pagato di esempio, di persona, di sangue.

Mi ritrovai in petto, con mio grandissimo stupore, assai assai più voce che non ritenessi di avere avanti; le idee più ardite e più precise mi scattarono come dardi velocissimi dal capo, e una febbre nuova, che tenea dell'angelico, che tenea del bestiale, mi spinse più volte nel folto della mischia, pur di ferire, pur di essere ferito. Torno incolume, per dir la verità, ma nonostante una di queste pazzie, invano contrastatami dal mio capo di Stato maggiore, fu quella appunto che decise della gran giornata: la prima, la più notevole, la mamma per così dire di tutte le altre. Se mi aveste visto in quei momenti, con la spada puntata verso Dio, per salutarlo, verso Dio che mi pareva allora tanto vicino e tanto imminente per quanto in alto fosse, oh vi accerto che non lo avreste mica riconosciuto il re di Eboli, di Katie e della... nottambula in groppa.

L'ho riveduta. Ho sentito una volta, accanto alla mia tenda, nel brulichio del campo, la voce sgangherata di una donna, che riconobbi subito per la sua. Guardai fuori e la vidi tenere a dovere, a furia di scappellotti, un manipolo di fantaccini affollati davanti al suo carro di vivandiera. Mandai a chiedere chi fosse e mi risposero essere la moglie di un sergente, una donna... così così, ma pure piena d'animo, piena di coraggio, e che aveva già fatto bene le fucilate più di una volta. Mi dispiacque veramente che uno dei miei prodi si fosse imparentato così male, ma ho avuto piacere per lei, poveraccia! Che putiferio se mi avesse riconosciuto!!

Torniamo in riga.

Sono arrivato ieri colla pace in pugno e colla gran gioia di sentirmi, almeno per ora, più re di mia moglie. E non è a dire quanto più ne l'ami, per carissima che mi fosse di già. Anch'essa ne è contenta, ma non di certo per il piacere di venire in seconda riga, oh no davvero, quanto per il migliore esempio che ne viene al primogenito nostro, di dove appunto è più naturale che gli venga. Che se poi mi chiedeste se io mi creda veramente migliorato, ovvero se mi aspetti, reputandomi più giù che mai, di tornare ancora tutt'al più il medesimo uomo di prima, vi risponderei, in perfetta buona fede, che la vostra domanda è intricata e duplice, se non pel tempo almeno per la nozione, e che però non c'è barba d'uomo che la possa sbrogliare d'un colpo solo. Seguitiamo dunque a ragionare, dal mio punto di vista d'oggi, e lode a Dio se vorrà farmi il piacere di durare un pezzo.

Chi è di noi tutti che non abbia, almeno una volta in vita sua, mormorato, predicato, gesticolato contro la guerra? I migliori argomenti che ci vengono a mano, nell'orazione, sono tutti ottimi, ma hanno tutti il difetto di prendere l'uomo senza emuli, senza nemici, senza malevoglienti, vale a dire l'uomo come dovrebbe essere e non come è. Li ho a dire? Via, li sanno anche i muricciuoli; non preme. Preme piuttosto di guardarci intorno e di vedere che i moralisti, i sacerdoti, i filosofi di tutto il mondo non fecero altro, per secoli di secoli, che predicare la pace, sotto tutte le forme. L'hanno ottenuta? Mai. Chi non ha nemici in piazza, li ha in casa, chi non ne ha fuor delle frontiere, li ha dentro. E non sono mica fatti solamente per nuocere, i nemici, giovano anche, e spesso, per tenere alto e vigile e costante il gran pensiero dell'onore, così di sé come della patria; per farci escire del movente proprio, basso, egoista, e farcene abbracciare qualche altro, più generoso e più umano. Cosa vuol dire che se un uomo difende accanitamente la sua casa ed i suoi averi, tutti dicono al più che ha fatto assai bene, e che se un altro invece si dimostra prode sul campo, tutti si accordano nel decretargli ben volentieri e lauri ed onori grandissimi? Furono pure coraggiosi entrambi! Vuol dire che tutti sentono, anche se non lo dicono, la gran differenza che passa fra il coraggioso che non esce dal movente suo proprio, e chi se ne sferra e va avanti, chi fa per tutti gli altri e non fa per sè solo, chi può dire almeno una volta in vita sua:

— Badate che vi ho amato, e amatemi anche voi, in vostra buon'ora!

Si possono ottenere medesimamente, e con altri mezzi, questi buoni e rapidi effetti della buona guerra? Lo lascio dire a voi, anche se partiste dal principio che nessuna guerra possa mai esser buona; anche se non aveste mai osservato quanti uomini vi sono che diventano sempre migliori in tempo di pace, quanto più aria hanno potuto dare ai loro istinti bellicosi in guerra; anche se piantaste la massima, ben falsa, che il mestiere dell'armi non conduca mai a qualche particolare virtù, ben sua.

Sì, lo so, c'è la filantropia su larga scala, c'è il cosmopolitismo, c'è l'umanitarismo, c'è la repubblica mondiale, c'è la mutualità universale. Tutta roba troppo grande, per la piccolezza nostra, credetelo a me, che sono stato per crederci qualche volta, e che ne sono appena ritornato col capo in cimbali e col core stretto ed angusto di chi fa finta di pensare a tutti, per non pensare effettivamente a nessuno. Come è possibile che gli uomini, diversi per razza e viventi sotto climi diversi, possano lasciarsi indurre a spasimare, se sono gialli, per noi altri bianchi, ovvero, se gelano sotto il polo, per quelli che bruciano sotto l'equatore? Fate un alveare grande come il Colosseo e poi picchiate, picchiate forte: vedremo quante api sciameranno all'invito vostro! Andiamo andiamo, dite piuttosto, che il forte, per mandare ad effetto la vostra politica universale, dovrebbe spazzare via il debole, come le Pelli Rosse in America, e allora soltanto si potrà dire che siete in buona fede. Ma così no.

La pace a ogni costo, la pace per forza, la pace tirata coi denti (chiamatela come vi pare) ha sempre avuto i suoi lati pessimi e se n'era già avvisto un brav'uomo di tre secoli sono. Diceva per più piccole cagioni che non sieno ora le nostre:

«La pace è desiderabile e santa quando assicura dai sospetti, quando non aumenta il pericolo, quando induce gli uomini a potersi riposare ed alleggerirsi delle spese; ma quando partorisce gli effetti contrari, è, sotto nome insidioso di pace, perniciosa guerra, è, sotto nome di medicina salutare, pestifero veleno».

Quanto di questo veleno non s'è bevuto nel nostro secolo! E quanti giovani non sono andati a male per non avere avuto frequente occasione di accalorarsi, in modo ben determinato e bene urgente, per la terra che li aveva nudriti!

Basta. Non ho detto il pro bono pacis e nemmeno voglio parlar contro eccessivamente. Già il caso è eguale e non è chi non sappia andare avanti da sé.

Io intanto, mercé della guerra, ho grande speranza di avere finalmente ucciso l'umorista dentro di me: leggete la più sfortunata qualità di uomo che possa premere sopra la terra, l'uomo che ride per piangere, che piange per ridere, che non sa mai nemmeno lui se sia buono o cattivo, liberale o mummia, coraggioso o pigro. Ha tanto di tutto e fuor di posto dentro di sé, che quando vuole tirar fuori una cosa, gliene esce un'altra; quando vuole tacere, parla; quando vuol parlare tace. È colpa dei tempi, o sua? Chi lo sa! Io no certo, perché, essendo uomo2 ed in causa, mi troverei troppo inclinato, come tutti gli altri, ad incolpare i tempi.

Questa mattina, mentre i primi battaglioni già rientrati meco, andavano in Piazza d'Armi, s'è visto un povero cavalluccio, già forse mezzo accoppato dalle botte, impennarsi, tirar calci, sbizzarrire, non volere più assolutamente andare avanti. Tutti i soldati a guardarlo in cagnesco e a dire:

— Che ha, che vuole quel maledetto ronzino? Far del male a qualcuno?

E tutti a dar mano dietro il carretto, per cacciarlo avanti sgarbatamente. Se fosse stato un bello e forte puledro, già restio, che avesse fatto gli identici tiri, od anche peggio, tutti si sarebbero schierati a guardarlo con ammirazione, anche a costo di andarci sotto, e più avesse durato a fare il birbante, più ci avrebbero avuto gusto.

Che vuol dire? Vuol dire che la forza, la gioventù e la bellezza sono già bastantemente padrone del mondo; bisogna dunque pensare ai deboli, ai vecchi ed ai brutti. Stanno peggio, dunque sono sulla strada di peggiorare, d'incattivire ancora.

Non ci volete pensar voi? Ci penserò io. Intanto, per avere una norma, mi metto giù il mio particolare catechismo:

Onora Dio nelle tue opere. Le sue lo onorano abbastanza di per sé sole.

Va adagio in tutto, e più che mai nel fare il bene. Lo scopo stragrande fa ragione della lentezza dei mezzi.

Tienti cari i tuoi nemici, sieno pubblici, sieno privati. Senza di essi tu non saresti la metà di te.

Non indietreggiare un minuto secondo a muover guerra agli uomini di mala volontà, e poco male se per uno che ti si farà palese, te ne resteranno celati due. Dalli a quell'uno!

Non sofisticare né sulle tue né sulle altrui intenzioni, appena che gli effetti sieno buoni od anche semplicemente mediocri. Da un piccolissimo vantaggio a nulla c'è di mezzo maggiore distanza che di qui al mondo della luna.

Non dare ansa ai tuoi difetti coll'occupartene soverchiamente e guarda gli altrui piuttosto. C'è più varietà e per lo meno fin che li guardi è probabile che tu non ci caschi. Basta che tu non scelga per l'appunto quelli che sai benissimo di non avere.

E soprattutto non fare a te stesso ciò che tu non vorresti fosse fatto ad altri, cioè non ti avvilire, non ti calunniare, non ti diminuire mai, quando ti accada di ritrovarti in fallo. Altrettante men basse cose ti verranno poi fatte, anche involontariamente.

Finis

Molti esempi

Batte mezzanotte. Posso principiare.

Perché, nel riporre i precedenti fogli, mi son fermato a guardarli così soprappensieri e ho detto fra me e me:

— C'è pericolo che questo troppo effondermi sopra la carta non scemi vigore alle più importanti operazioni della mia mente? Che la mia scrivania[3] non sia altro che pigrizia, per dar tempo al tempo, e per lasciargli fare adagio adagio quello che molte volte andrebbe fatto più presto, per opera di risoluzione e di breve consiglio? C'è pericolo?

Fermai subito il proponimento di rimandarmi senza mai più scrivere fino a sei anni data. Tanto male non mi poteva più fare dopo un così lungo riposo, e col fermo proposito di sbrigarmene in tre notti sole. È quello che m'accingo a fare, ma prima, o lettore, ti voglio dire una sola cosa, questa: piglia sempre sempre quanto di buono hai dentro di te, e spremine fuori il più che tu puoi, e per il tuo prossimo e per te stesso, ma non ti affaticare in altro senso mai, non torturarti mutando senza pro i tuoi dirizzoni, perché se tu hai naturalmente, e la devi avere, una certa quantità di tara, ne acquisteresti tre cotanti a voler fare, senza punto riescire, le buone cose che non sono da te. Ora seguita pure.

La mia idea era dunque di tendere al bene, cioè al meno male, scacciando a forza lontan da me ogni perturbamento che mi potesse venire dall'uso già inveterato di gonfiare le cose piccole, o inutili, o melense, e di sminuire quelle relativamente più grandi. Ma la lotta era troppo maggiore dell'uomo (e del suo imprudente «catechismo») perché gli effetti avessero ad essere di molto diversi da quel che furono.

Immaginate di osservare le cose e gli uomini col vostro solito modo di vedere, e di avere sempre accanto, anzi di avere dentro di voi, una seconda persona che vi ammonisca perpetuamente e che vi dica: «Tu vedi così, ma vedi male, perché ti sei abituato a guardare ogni cosa con un eterno preconcetto di ironia, di contraddizione e di sarcasmo: guarda meglio tutto, come se tu vedessi tutto per la prima volta, e osserva bene, con la più candida intenzione d'affetto: troverai una specie di mondo nuovo, meno guasto e meno beffardo, perché non peggiorato a bella posta dalla volontà dello spettatore, il quale si studi, come ti facesti disgraziatamente finora, di ritrovare quello vecchio di altrettanto più... ameno quant'era più misero».

Figuratevi questo e poi ditemi sinceramente se, per onesto che fosse l'intendimento, vi sarebbe piaciuto di campare degli anni a quella maniera.

A me non piacque niente, dico la verità. Ma aveva promesso di tenerci e ci tenni. Fu un continuo adoperarmi per giudicare di tutto, ma proprio di tutto, senza aiuti di contrasti, di sotterfugi, di sofisticherie, prendendo ogni cosa, fosse un uomo, fosse una idea, fosse un fatto, sempre di fronte, davanti a me, senza mai tentare di avvantaggiarmi sorprendendoli di sghembo, con delle fisime ovvero con dei motteggi.

Ora se questo sistema può andar benino con le cose e con le persone che si conoscono relativamente poco, e con le quali non è gran danno a pigliare via via una quantità più o meno relativa di cantonate, non ce n'è invece nessun altro di più pericoloso quando si adoperi con quelle che si conoscono già bene da moltissimo tempo. Un po' cambiano sempre da per sé, per ragion di tempo o di occasione, un po' si vuole ad ogni costo ritrovarle mutate da quel che si ritenevano per lo innanzi, e così, tra l'idea che se ne aveva prima ed i cambiamenti in parte veri ed in parte desiderati di poi, ne viene un tal pasticcio di visione che è una pena, una vera pena soltanto a pensarci. Ma qui è meglio di procedere per esempli. Ne metto molti, se non troppi, ma s'intende che il lettore deve scegliere quelli che vertono sopra le cose che più gli premono.

1. IN ARTE. Vi piacciono quei pittori che sanno rendere, forte e viva, la forma, a malgrado delle più ardite esuberanze del colore? E anche a me piacevano, e ne andava in traccia, e più erano intemperanti nello sfidare le difficoltà, più avrei desiderato che ammattissero anche maggiormente per conto mio. M'importava assai che uno vedesse tutto verde, quando era un bel

verde, e l'altro tutto giallo, quando era un bel giallo. Mi bastava che la idea dell'artista mi folgorasse davanti come un striscia di vespero, che si sente più che non si veda, che si accetta di gran cuore più che non si possa intuire effettivamente.

Ed ora?

Ora voleva il disegno, voleva la linea sobria, impeccabile, eterna, e la voleva in campo azzurro... ma che azzurro! In campo diafano, quasi incorporeo. Dove trovare queste cose, taluna o tutte? In qualche figura di geometria? In qualche stecchito raffaellista? In qualche ascetico imitatore dell'Angelico? Sì, costà alla meglio si trovano, ma vanno ancora bene? So che mi era popolato uno stanzino di ossa magre e mal vestite, e che mi veniva fame a guardarle. Quante Veneri che parevano Parche ringiovanite e lunghe; quanti tramonti di sole a luce nivea e fioca, quasi di luna vista dal polo! Veniva fuori tastandomi i fianchi, per sentire se non pungessero già forte, e guardava alla meglio l'aria ambiente, per vedere se non mi trovassi di già a vagolare di stella in stella, come un bolide errante.

2. IN FAMIGLIA. Mia moglie mi era sempre sembrata una persona forte, tutta d'un pezzo. Poiché tale mi pareva prima, ora non doveva più essere. Eppure era, e più che mai. Come fare che non fosse? Ponendole innanzi ad ogni propizia occasione il modo di scoprire qualche lato debole, rimasto celato in fino allora sotto le pieghe del manto regale, e procurando di persuadermi che tutti quei miei tentativi fossero sempre coronati di buon successo. Ma erano? Non lo so ancora davvero. So che le donne invecchiano più presto di noi, e che invecchiando, mutano bene ed anche più di noi, ma fanno tutte così, e non è certo mia moglie sola che abbia dato per la prima il malo esempio. So benissimo che se mi ammalassi ora, come mi sono ammalato quindici anni fa, mia moglie non mi farebbe più da infermiera quanto mi ha fatto allora, ma come durare, con quindici anni di più, tante nottataccie una dopo l'altra? È la età che è mutata, non è mica la donna, né la moglie.

3. IN POLITICA. Come re, non mi è parso vero più volte di scaricare il mio fardello sopra i miei troppi viceré (in pillole attenuate ed elettive), ma se fossi stato suddito anziché, come dicono, sovrano, oh quante volte non avrei preferito una buona mano di despotismo illuminato all'aer cieco della mia incomposta Assemblea! Basta, prendiamola come è.

Sapete i miei vecchi metodi per tastare il polso alle crisi di gabinetto. Li ho mandati a farsi benedire, per iscrutare volta per volta non già la opportunità di ogni crise, sì bene la sua correttezza, pur di persuadermi, avanti di venirne ad una, che il gabinetto soccombente non fosse disceso fino a farsi dare la pedata apposta da qualche compare segreto, per riapparire a miglior tempo ed a migliore occasione. Quante rinunzie ho rifiutato che avrei fatto meglio ad accettare a due mani! Ne è venuto che a voler governare con qualche logoro gabinetto, che aveva già perduto il suo centro di gravità, ho quasi scoperto la corona da me, o almeno ho lasciato credere ai politicanti di non curare gran fatto che me la coprissero gli altri. Ma verrà giorno che saremo messi in burletta tutti, e quando i comici, di qui a pochi secoli, non sapranno più dove dar di capo per tenere allegro il genere umano, vi assicuro io che ricorreranno alle schede parlamentari dei tempi nostri, ed all'arguta fregola contemporanea di voler fare gli inglesi ovunque. Quasiché le patate barbicassero da per tutto come nel Regno unito!

Un deputato che meritava quanto gli altri almeno di arrivare alla Camera e che gli elettori si erano ostinati, o per picca o per antipatia, nel mandare a casa ripetutamente a mani vuote, giungeva in fine all'ambita meta e dopo passata la luna di miele veniva a sfogarsi meco, dicendo:

— Maestà. Stava meglio prima. Allora almeno aveva uno scopo preciso: arrivare al seggio. Ora ci sono e ci sto male. Credeva di poter fare e dire qualche cosa di mio, e invece mi ritrovo come in fondo di una miniera, dove ora si fugga tutti in qua per tema di perdersi, ora si corra tutti in là nella speranza di giovarsi, ma né si corra né si fugga per volontà propria, sì bene come trascinati da una specie di istinto universale, che tutti involga nella sua ruina. Che sono ora? Che faccio? Chi riconosce la misera manata di pirite che io ho recato al pozzo e che va su, con mille altre, alla luce del sole per vergognarsi di non aver colore? Chi mi conforta dell'avvilimento che debbo mandar giù quando penso che per far tutto questo ho dovuto mettermi con tanta gente?

È andato avanti così un pezzo e io l'ho lasciato dire, senza rispondergli, per civiltà, ch'egli non era nato deputato e che poteva smettere senza danno dei suoi figliuoli. Che il lavorio dei partiti sia sordo e sotterraneo, e che seguiti a vanvera per attriti casuali e per casuali e randagie separazioni, sono entrambi cose risapute da un pezzo, ma che un uomo ragionevole s'imbrancasse fra centinaia di colleghi e potesse sperare, imbrancato, di rimanere quel di prima, oh per Dio santo che non lo avrei mai creduto!

4. IN MORALE. Venne a morire anni sono una donna tra rustica e civile che fu vero miracolo di carità universale, senza punto trascurare i suoi doveri di madre, anzi di ottima madre. Il becchino, nello affidarla alla terra, si pose a cantar forte una sua canzone, che diceva ad ogni badilata:

Tapini, addio pane;

Malati, addio vino...

e così di seguito pel brodo, per le medicine, per le doti alle buone ragazze ecc.

Se lo avessi saputo molto tempo prima, avrei detto semplicemente: «Peccato che Shakespeare non abbia fatto a tempo ad illuminare questa bella scena del genio suo!». E basta. Ora invece mi ci presi una scalmana, e non ebbi pace né tregua finché non mi riesci di fondare certi miei «Cavalieri della morte» tra i quali feci inscrivere per prima quella buona donna. S'intende che questo postumo ordine cavalleresco aveva per principale instituto di premiare dopo morte le maggiori benemerenze rimaste sconosciute in vita, ma che fatica ho già durato, e duro ancora, per trovare col lumicino la seconda buon'anima di cavaliere da mettere accanto alla prima! I becchini non mi aiutano più e ho finalmente capito, sovra ogni altra cosa, che anche i più prossimi superstiti dei candidati (già passati in rassegna senza vincere la prova) avrebbero preferito una croce per sè stessi piuttosto che pel morto. O che ci volete fare? Sono... vivi.

5. IN ECONOMIA. Toccarle fitte in guerra è come prendere un buon purgante a digiuno. Si dà giù oggi e poi ci si rileva meno guasti di prima. Io non ho certo abusato mai della ragione fino a rimpiangere di non aver perduto, ma pure quanto meglio non sarebbe stato pei miei se non si avesse avuto occasione di vincere! Vincere vuol dire gonfiarsi, vuol dire lisciarsi, vuol dire spendere male quello che si è toccato in tassa di guerra. Il nemico non è più fuori, è dentro, e non ha misura, e non ha confine. Si comincia dallo sprecare l'offa cadutaci in bocca, e poi l'abitudine dura, accelerando uniformemente. E intanto l'altro, cioè il nemico di fuori, non ha che a lasciar fare al suo olio di ricino per rimettersi in lena e per maturare i suoi fati.

Che ci poteva fare, io solo? Darmi allo spilorcio sarebbe stato il medesimo come offrire occasione al mio popolo di sminuirmi la lista civile, e certi rimedi eroici vanno lasciati... a cui giovano. Mi diedi invece alle fondazioni pie, alla beneficenza monumentale, per avere il piacere di vedere, me vivo, fatto strazio e scempio delle mie intenzioni. Le vorremo veder belle quando sarò morto!

Io non nego la forza delle cose, non nego le ragioni della opportunità o per dir meglio quelle che ora si chiamano con leggiadria le esigenze del momento, ma so di certo che dove c'è quattro uomini uniti insieme a ministrare, stiracchiando, le intenzioni caritatevoli di un quinto, che non c'è, bisognerebbe almeno che tutti quattro avessero le braccia così poco diverse tra di loro da non potere stiracchiare, ognuno dal proprio lato, che egualmente o quasi. La differenza sarebbe lieve. Ma è impossibile. Ce n'è sempre uno che vuole, e può, e sa tirare ogni cosa dalla sua con assai più forza degli altri tre, e così ne viene che quanto deve andare a diritta, va spesso a mancina, e la pasta, non bene intrisa, arriva al foco prima che alla madia. Dopo si sforna, e ogni boccone che manda giù uno di qua, rappresenta almeno un par di moccoli attaccati di là. Io non sono comunista, e si capisce, ma pure se vi è cosa del mondo che mi faccia menar buono parecchi peccati mortali del comunismo, la prima è appunto il suo abborrimento della carità ufficiale, inventariata, protocollata, a madre e figlia, come i numeri del lotto. Il partito e la vanagloria si mettono sempre d'intesa per dare il gambetto alla volontà del fondatore, e dove appunto egli intendeva di parare ad un danno, si adoperano i suoi quattrini per fondarne un altro. Quello rimane e questo cresce.

6. IN RELIGIONE. Chi osa di imprendere la riforma di sé medesimo deve necessariamente dimettere della sua fede in Dio, o almeno deve limitare questa fede nel chiedergli aiuto per il buon esito della sua impresa. È come se uno passasse di figlio di famiglia a maggiorenne col padre vivo. Prima non si vedeva l'ora, e dopo arrivati pare sempre che sia stato troppo presto.

Ma intanto Domeneddio, così disceso meco da maestro ed autore a semplice aiutante, o se n'ebbe a male, o non mi volle aiutare affatto. Mai che abbia visto arrivare a punto un qualche colpo di fortuna che mi togliesse d'angustia beatamente! Più anzi il vecchio uomo, chiuso a chiave dentro di me, trovava modo di picchiare il nuovo, e più mi toccava di lasciarlo fare, per la poca misericordia degli eventi, che parevano fatti apposta per dar ragione a quella... ed a mia moglie insieme. Oh la consorte dell'uomo che vuol rifarsi e che rimane, essa, tale e quale di prima! Quanto di forza acquista! Io non so davvero se mia moglie, subodorando il mio sistema, e tenendo d'occhio i miei nuovissimi tentativi, abbia portato opinione di lasciarmi fare a mio beneplacito, senza intervenire all'usanza di Domeneddio, ma so di certo che essa, nell'espormi a seconda dei casi il suo particolare modo di vedere, perdette affatto la buona abitudine di darmene ragione, e si trincerò via via in un brevissimo «Così è» come niente fosse. Quanto più di spirito avrei avuto se avessi risposto sempre «Così sia». Almeno l'oracolo di Delfo avrebbe dovuto farmi sicurtà e malleveria, sia pur morale soltanto, e i suoi fruttuosi responsi in terra mi avrebbero in parte compensato del Dio muto in cielo.

7. A CORTE. pare niente a dire, ma cercare il lato buono delle persone che si avean per guaste, e il lato guasto di quelle che si avean per buone, è una fatica da disgradarne quelle di Ercole, e peggio che mai quando si eserciti sopra le donne di corte. Le quali mi avevano dato meno impicci dei loro uomini, e però credeva di conoscerle meno, ma dopo di Katie m'interessavano molto di più. Infatti, grazie a costei, io partiva sempre dal principio che tutte coloro le quali recavano in viso come una eterna patina di madri pietose, dovessero essere ben differenti in core, e che invece le torve e le ammusonate pagassero con questa sola biasimevole apparenza il loro tributo alla debolezza umana, ma dentro... oh quante belle cose dovevano avere di dentro!

Se non che non vi ha nulla di più odioso dei presupposti nel giudicare delle persone, e chi se ne lascia cogliere diventa sempre di altrettanto più cieco quant'è così più ingiusto. Io aveva un bell'appiattarmi di qua e di là (s'intende moralmente) per cogliere in fallo le une ed in gloria le altre: niente ci valeva, erano tutte eguali, tutte per l'autorità, sempre in lega per dividerne i profitti, e sempre nemiche di chi sapeva procacciarsi qualche cosa più delle altre. Gli stessi sentimenti inamidati e lisciati dal lungo uso della etichetta, lo stesso figurino morale di dentro a malgrado della diversa vernice di fuori: mia moglie, mia moglie sola insomma, che dava il tono alla musica generale, e che esse mi tornavano a mettere in tavola, ora agra, ora dolce, a seconda della disposizione di ciascuna di esse. Valeva la pena di rovistare tante donne per non trovarne che una sola? No. Dunque non doveva, non poteva essere così, bisognava fare una seconda operazione, bisognava togliere da ognuna e da tutte la influenza troppo necessaria della padrona di casa, e poi giudicare del rimanente, ben vivo e ben proprio. Ora se un solo presupposto può non rendervi che ingiusti, due si elidono l'un l'altro e vi finiscono a vicenda. Dove questo si rincalza, quello piomba sfatto a terra: voi principiate a prendere le cause per gli effetti e questi per quelle, finché a poco per volta tutto si sfascia, tutto prende il color grigio del nulla che è lì lì per affermarsi, e voi perdete sensibilmente la percezione del buono e del malo, del necessario e del casuale, del vero e del falso.

Oh che soddisfazione per un re che aveva sempre aspirato a regnare almeno sopra sè medesimo!

Il mio unico ristoro era quello di vedere spesso e di circondare del più alto rispetto una vecchissima maestra di palazzo, che si era ritirata già da gran tempo nelle terre tenute dai suoi maggiori, e colla quale mi pareva di veder riviver ben altri tempi. La riproduzione era stecchita, perché la gentildonna era molto vecchia, ma pure mi sembrava di sentirmene ringiovanire. Tre anni sono morì anche lei ed io non ebbi più nessuno dove trovare le traccie e la influenza dei miei genitori. Così abbian pace dove sono adesso.

Tre punti di vista

Questa lotta infelice doveva necessariamente ripercotersi nel mio temperamento. Vi ho già detto che dopo dell'attentato io non era che stizzoso cogli altri, e a momenti, non sempre, e che aveva creduto di rimettermi in quiete mercè della guerra e delle altre mie seguenti prodezze etiche. Ora che avete visto quel che ce n'ho cavato, ora vi dirò come rimasi io.

Male, intanto, per dirla con una parola sola, ma non sempre male allo stesso modo, anzi in tre modi diversi, il peggiore dei quali era appunto quello che più sarebbe sembrato piacevole ad altri. La mia stanchezza, o per dir meglio la mia irritazione morale, si rivelava cioè con dei rapidi passaggi dalla più febbrile allegria alla più depressa mestizia, con delle interruzioni di abbattimento e come di nausea dell'uno stato e dell'altro. A quest'ultima condizione ed anche alla tristezza, per quanto profonda, mi sapeva talvolta rassegnare, ma non mai, appena che ci pensassi un po', alla troppa giocondità, perché forse più morbosa degli altri due stati, e perché, quanto più essa dava segno di sé medesima, ed altrettanto io era sicuro di piombare più a fondo nell'estremo opposto.

È vero che oramai ce l'aveva con me solo e non più cogli altri, ma che bel guadagno! Sentire tutte le cose in tre diversi modi e non poterci nulla, se non aspettare pazientemente che mutassero da sé soli, come se io fossi rimasto prigione di tre diversi eserciti, ed essi mi mandassero le loro sentinelle, una dopo l'altra, a farmi la guardia! Oh che fatica ad assumere, almeno davanti allo Stato, una specie di media presentabile! E pazienza ancora quando mi trovava giù, nei profondi abissi! A parlar poco non ci si perde mai, e difatti allora ogni parola più del necessario mi sarebbe costata un occhio della testa, ma quando per una sola che avrei dovuto dire me ne venivano dodici in bocca, e tutte risibili o leggiere, oh che martirio a ricacciarle indietro, oh che supplizio a tener ferma la espressione del viso, perché non tradisse, colla troppa mobilità, il mio faceto e poco regale stato d'animo!

In famiglia andava anche peggio. Cominciamo intanto a dire che quando io era in laetitia non me le accostava mai, perché troppo mi premeva di conservarmi il rispetto dei miei figliuoli, e che però essa non mi vedeva che o pesto del tutto o a mezza via. E allora doveva provare mia moglie, come suole, a non intendersi del tutto col nostro secondogenito, ovvero questi ad avercela un tantino col suo maggiore fratello! Appoggiati così su qualche cosa di reale, i miei periodi bui prendevano allora delle dimensioni non mai più viste, ed io tendeva col maggiore sforzo a ritorcere sopra me solo i mali umori di madre e figli, tant'era persuaso di aver pochissimo a perdere, per quanti dispiaceri a me personali mi avessero procurato. S'intende che la mia prolissa abnegazione non riusciva ad altro che a far durare tre settimane quello che di sua posta non avrebbe durato che tre giorni e che poi, a mondo mutato, io passava, con altrettanta poca ragione, all'estremo della parte opposta, e ci rideva sopra, dando colpa di ogni cosa alle convenienze teatrali delle corti... senza pensare che i miei due giovinotti avrebbero invece dovuto aiutarsi l'un l'altro a smaltire insieme con più facilità, e che mia moglie, quali che fossero le sue esagerate nozioni intorno al nostro ambiente, non avrebbe mai dovuto abusarne a danno appunto di quel figliuolo che aveva più da perdere a concordare con lei. Insomma ogni cosa era tutto ed ogni cosa era nulla, e niente ci valeva, per quanto bene mi avvedessi di passare così da un eccesso all'altro.

Ho provato ad occuparmi delle cose buffe nei giorni cattivi e delle tristi nei così detti buoni, nonché a tenere in serbo le più forti per quelli di apatia... bella prova! Trasfiguravano tutte a vista, ed io, dopo di essermi incamminato da tanto tempo a cercare il vero aspetto d'ogni cosa, e dopo di avere assunto da anni in più lodato metodo di investigazione, doveva pur confessarmi che i veri aspetti di ogni cosa erano diventati tre, con quello neutro dell'indifferenza. Tanta musica per arrivare a tre accordi così stonati e così stridenti!

Se mi fossi aperto ad un medico, per esempio a quello di Katie, avrebbe detto che questo eterno frugare nell'anima nostra e nell'altrui, per arrivare a dei conflitti così incoerenti, è appunto il principale morbo morale dei nostri tempi e che Leopardi e Stendhal, ai quali apparentemente se ne suole dar colpa, ne furono invece le primissime vittime. Proprio dei nostri tempi? E dei nostri tempi soltanto? Ma allora come si spiegano le velenose risate di Amleto e le lugubri facezie di Swift? Come si spiega l'equilibrio metafisico della mia alta consorte? Non è abbastanza architettonico? Avrebbe risposto «Eccezioni questa e quelle!». Ma allora se un medico non mi sa dir altro, tanto vale non domandargli nulla.

E ho fatto bene, perché m'è capitata una seconda moglie a farmi da infermiera quanto la prima e meglio: la gotta. Dicono che è la penitenza degli epuloni e delle persone di spirito. Sarà. Veramente per mangiare ho mangiato, ma non mica poi troppo; avrò anche avuto dello spirito, ma non mica poi tanto... o perché dunque doveva venire a me?

Ve lo dirò io. E venuta per dar ragione alla scuola di Salerno, quando diceva «Dolor accerrimus farmacus», è venuta per dirmi in orecchio:

— Io ti metto mezza dozzina di denti cariati nel tuo piede destro, poi nel sinistro, e tu abbi pazienza. Già non c'è dentista che te li possa levare. Ci penserò io a suo tempo, ma quando me ne anderò (e sia pure per ritornare benignamente la prossima primavera) ti lascerò un bel regalo, e tu te ne andrai avvedendo man mano che ti starò accanto. Almeno la prima volta ti farà piacere, non foss'altro per la novità.

Che era?

Era che il dolore, nella sua crudele intermittenza, andava spazzando via mano mano la confusa miscela del mio lungo errore; era che tutte le parvenze ritornavano ferme in vista al loro posto, senza più oscillare, senza più riperderlo; era che finalmente le cose buone riprendevano a rallegrarmi, sia pure in modo relativo, anche nei giorni di dolore, e che le brutte rimanevano tali e quali anche nei giorni di tregua. Vi par poco? Poco la verità quando ricupera la sua massima virtù: quella del paragone?! Sarebbe il medesimo come dire che valgono meglio tre criteri malati di uno solo, e sano.

Certamente che dopo di essere rientrato in me stesso, ho anche dato addietro un altro par di volte, e che l'approssimare di ogni crise non rimase mai dall'annunziarmisi in capo allo stesso modo del primo divertimento, ma fu ben altra cosa! Oramai sapeva bene chi era che veniva ad assumere meco le gioie del talamo, ahi vedovo della prima moglie fin da quando mi sono promesso colla seconda!

Avete la gotta? Tenetevela cara, perché vi risparmierà molti altri guai. Ma se non l'avete, badate bene di non frantendermi e non ve l'augurate per l'amor del cielo, a meno che non ne abbiate bisogno per pulirvi il pian di sopra, come ne aveva io. Ho voluto soltanto venir a dire che anche gli spasimi del dolore fisico, e non importa quali, possono avere una benigna influenza sopra lo spirito, allo stesso modo come le angoscie del cuore possono avvalorarvi a sostenere le torture del corpo. Nient'altro. Dolor accerrimus farmacus.

Ma se le mie sofferenze morali avevano assunto precisamente quella forma, di mille men dolorose che avrebbero potuto, non era stato davvero per colpa di una così detta malattia «contemporanea» che risale invece ai tempi di Eraclito e di re Saulle, e nemmeno per colpa di Monna Podagra, che ha buono stomaco e che si serve, per annunziarsi, di quello che trova... no no, la vera colpa l'ho avuta io medesimo, che essendo umorista, vale a dire uomo essenzialmente capriccioso, ho voluto fare il re per l'appunto, senza considerare che anche l'umore è una gran forza, appena che sia ben diretta, e che può talvolta arrivare dove non arriva la logica, nel campo del pensiero, né la esperienza nel campo dei fatti. In ogni modo, camicia di Nesso o nimbo leggiero che esso sia, non diventerà mai tale cosa da potersi levare e mettere come un abito di cerimonia, e non importa nulla se guasterà talvolta le cose buone, che non sono molte, perché più sovente darà mano a sopportare le cattive, che non sono poche.

Io intanto ho già guadagnato che la regina non mi dice più «Così è». Dice «Così mi pare».

Via, mi veniva, checchè abbiano detto a suo tempo i più pravi lettori del mio modus vivendi con Sua Maestà Divina, e checchè dicano ora della seguente pagina.

Testamento

Non credo che ci sieno esempi di persone che abbiano testato a favore di tutti gli uomini, e comincio io.

Vi lascio dunque a tutti, se la volete, la mia ferma persuasione che la umanità non si sia mai trovata come ora a così mali passi, perché si vede assai più che in altri tempi quel che le manca, e non s'è mai visto così poco dove abbia a riuscire. Almeno la prima mattina dell'anno 1000 bastava che uno si svegliasse vivo per gongolare di giocondità. Ma adesso!

I soliti cataplasmi locali, vale a dire il ferro ed il fuoco, sono diventati assai più temibili per la estensione sempre maggiore che debbono prendere di volta in volta, e niente affida che questa estensione, sempre maggiore, ci possa almeno procurare via via delle tregue proporzionatamente più sincere e feconde. Né la dolorosa esperienza che mi fa scartare per prima la guerra, mi permette di confidare assai nelle altre bravure nostre, e men che meno nelle mie particolari, per quante ne abbia provate.

Ma se gli uomini, considerati unicamente come uomini, e per grande che sia la buona volontà di certuni di essi, hanno poco in mano, ora come nel 1000, per mutare le proprie sorti, non è però detto che essi non possano, in altra e ben maggiore qualità, arrivare a qualche cosa di meglio, e chi sa mai che Domeneddio, visto in buon'ora il momento giusto, non ne pigli o pochi o molti di preferiti, e non ne faccia o pochi o molti strumenti suoi. Ci vuole altrettanta faccia tosta a dire di sì come a dire di no. Io dunque non dico né sì né no. Ma dico che è dal Signor Padrone che bisogna andare, è là soltanto che bisogna chiedere un po' di misericordia per i nostri figli, raccomandandoli alla sua carità perché escano di pena senza troppo schianto. I miracoli non usano più e non si domandano nemmeno; basta una buona medicina, ma forte, ma breve, e non può venire da nessun'altra parte.

Intanto toccherebbe a noi di non perdere il tempo a contrastare sui modi e sulle forme della nostra fede. Un selvaggio che si rappresenti la divinità con aspetti puerili vale altrettanto del filosofo che la vagheggia vestita delle sue forme più alte. Basta che sieno sinceri tutti due. Se Domeneddio non ci vorrà dar retta, non sarà certamente perché lo pregheremo in troppe lingue, ovvero perché certuni lo accosteranno a piedi nudi ed altri a capo scoperto. La differenza è tutta lì, o è di poco maggiore, ma il male è dovunque ed è assai più grande. Qua dunque tutti con me da tutti i tempii della terra, qua a raccomandarci tutti insieme alla benigna intermissione di Socrate, del Redentore, del Profeta; qua a chiedere aiuto, con simpatia di colleghi, alla grande anima del povero Giobbe. Nessun uomo leggendario ha mai rappresentato così bene le nostre fatue grandezze, i nostri subiti rovesci. Povero Giobbe! Povera umanità!

Ma più poveri di tutti coloro i quali si stillano continuamente il cervello per determinare, ciascuno alla sua maniera, le origini, i procedimenti e gli effetti del male in terra, senza tentare di reciderlo, almeno dentro di essi, e senza porre mente che se non ci fosse stato il male, via, siamo giusti, nemmeno si avrebbe mai saputo che cosa fosse il bene. Come siamo ridicoli e lagrimevoli insieme!

Che sia questa la medicina? Ridere volentieri e piangere volentieri come Dio manda?

No, non basta. Almeno auguriamoci di più. Non ci costa nulla.

Liked This Book?

For More FREE e-Books visit Freeditorial.com